JN213589

THE REVELATIONS OF GLA'AKI

グラーキの黙示 3

Ramsey Campbell
ラムジー・キャンベル／著

クトゥルー神話作品集

森瀬 繚／翻訳

サウザンブックス社

目次 CONTENTS

凡例

▼原文の雰囲気を可能な限り再現するため、距離や重量の単位については原文に合わせた上で、割注の形でメートル法に換算したものを示しております。

例）二〇フィート〔約六・一メートル〕

▼文中にしばしば現れる番号つきの記号は、各収録作末尾の用語解説パートの記載事項に対応しております。本書に収録されていない他作品の内容に触れている場合がありますので、あらかじめご留意願います。

▼訳文中に示される著作物などのタイトルや引用は、以下のカッコ記号で示されます。

『』……単行本、映画などの名称。
〈〉……新聞、雑誌などの名称。
「」……小説作品、詩などの個別作品の名称。
《》〝〟……引用文や特殊な名称・呼称など。

▼神名、クリーチャー名などの表記については、英語圏での一般的な発音を優先的に採用しております。

▼解題などにおいて、H・P・ラヴクラフトの名前については略表記の「HPL」を使用しています。

謝辞

本作は、ここ私の机だけでなく、様々な場所で執筆された。書き始めたのは、ロードス島のペフコスにあるマティナ・アパートメントだった。ブライトンのファンタジーコンとマンチェスターのファンタスティック映画祭にも参加した。私たちの親友であるジョンとケイト・プロバートの結婚式に出席するため、クレブドンにも持ち込まれた（彼ら二人は、ジェニーがオカルト的な情報源にインスパイアされて、グラアキの正しい発音を明らかにしたのを目撃した）。ＰＳパブリッシング社ののプリティ・フェイス（ただし、実際にそうだという意味ではない）、ニッキー・クロウサーの誕生日を祝うべく、ホーンシーにも持ち込まれた。

いつものように、ジェニーが最初の読者だった——少なくとも、グラアキが私の背後で目をひとつかみっつか伸ばしていたのでなければだが。

ラムジー・キャンベル

グラアキ最後の黙示

スティーヴとマンディに――
本棚にスペースはあるかい？

訳者より

本作では、原文中の語感を再現するべく、〝グラアキ Gla'aki〟と〝グラーキ Glaaki〟の表記を意図的に使い分けている。この表記の違いが生じた理由については、作中の説明を参照されたい。

ヴィクトリア朝時代で最も有名な希少品は切手――ペニー・ブラック[*1]――かもしれないが、ヴィクトリア朝時代で最も希少な本の何倍もの数が出回っている。『グラアキの黙示録』[*2]は、世界中のどこにも現存していない可能性があるのだ。

唯一の刊本は、一八六五年にロンドンのハイゲートにあるマッターホルン・プレスによって出版された九巻本だ。紛い物の〝リヴァプール版〟はこれと無関係で、ロールプレイングゲーム[*4]で使用するべく、現代の山師《ゲームスター》が捏造したテキストで構成されている。マッターホルン版全巻揃の購読者は二〇〇人に満たなかったとされ、そのほとんどはカルト教団ないしはオカルト団体に属していたと考えられている。これは、マッターホルン・プレスによって出版された唯一の製品であるらしい。この出版社の創設者は、一八六二年にロンドンで復活した、ケンブリッジ大学のゴースト・クラブ[*3]の関係者だった可能性がある。

この九巻本は「パーシー・スモールビームによって編集、構成、校訂された」と説明されている。この名前はほぼ間違いなく偽名であろう。テキストは、グロスターシャーのブリチェスター[*5]の近くにあるディープフォール・ウォーター[*6]で設立された、内情の定かならぬカルト教団のメンバーが、不明瞭な時間をかけて作成した一一巻本の内容に基づくとされている。オリジナルのテキストはもちろん、散漫に書かれたものだと言われているものの、マッターホルン版が単なる再構成版でないにせよ、どの程度書き直されたのかはわからない。たとえば、オカルト作家のジョン・ストロングは、スモールビームが読みやすくしようと、グラアキの名前の綴りからアポストロフィを削除したと主張している。

原本については、どうやら身元のわからぬグラアキ教団の脱会者が提供したもののようだが、その人物がこのテキストの布教担当者であったとの情報もある。何でも、彼はゴースト・クラブに出版の協力を打診したのだが、このクラブの信心深いメンバーに断られたようだ。クラブの創設者の一人は、後にカンタベリー大主教となり、E・E・ベンスンやA・C・ベンスンを含む超自然的な小説を著した作家数人の父親となったE・W・ベンスン[*7]である。A・Cは、その著作『父の生涯』の中で、「彼は、心霊現象について自分が思う以上に興味を抱いていたのだが、オカルト的な秘密の流布には一切感心を抱かなかった。魔術書《グリモワール》などの出版に協力してもらおうと彼に近づいた騙されやすい人間は、ただちに追い払われたものだった」と書いている。この文言を、ブリチェスターからやってきたカルト信者についての言及として、引き合いに出す者もいる。

　マッターホルン版は当時、特に注目されることはなかった。世間の耳目を集めたのは、〈ジョン・ブル〉紙と〈サンデー・エクスプレス〉紙によるアレイスター・クロウリー[*8]（〝世界で最も邪悪な男〟）に対するキャペーンが最高潮に達した一九二〇年代に入ってからのことだ。クロウリーの書斎にこの本が一揃いあることがわかり、クロウリーがそれを「霊感《インスピレーション》の源であり、多くの秘密の真理の源である」と評したのである。〈ジョン・ブル〉紙は、この本を「これまでに出版された中で最も邪悪な本」として攻撃し、〈エクスプレス〉紙も読者に対して、見つけ次第燃やしてしまうよう呼びかけた。こうした攻撃は、全部が全部そうではないにせよ大部分が憶測に基づくもので、本の内容については全く知らないことを意味していたが、ジャーナリストたちは〝夜の目的について〟（この本の関係者の秘密主義を露呈したものとして非難された）、とりわけ〝死者の活用法について〟と題する二冊の巻のタイトルを槍玉にあげたものだった。

　このキャンペーンの結果、ほとんどの刊本が破棄された可能性がある。存命中の購読者は、確実に非難の対象になって社会的な影響を受けると考えただろうし、所有者の子孫の中にも、この本と関わりたい者はいなかったはずだ。以来、この本は見つかっておらず、ブリチェスター大学が所蔵していた一揃いも、前世紀末に学生によって破壊された。最も邪悪な書物か、それともオカルティズム文壇への失われた貢献か。アレクサンドリア図書館[*9]の蔵書の如く、それは伝説の中に消えてしまったかに思われた。

レナード・フェアマン
ブリチェスター大学アーキビスト
（『珍鳥を求めて《ララエ・アヴェス》』、ゲスト・コラムニスト、
〈ブックハンター・マンスリー〉二〇一二年五月号）

海岸沿いの道に車を走らせ、ガルショーが見えてきた時、フェアマンは、作家とはこういう気持ちなのだろうかと考えた。自分が書いたものがどんな結果をもたらすかなど、誰にだってわかりやしないのだ。

スモール・タウンの分厚い灰色のレンガは、まるで九月の空が大地に沈んで固まったみたいだった。背の高いアーチ型の窓と、ずんぐりした塔のある広い教会の向こうには、どっしりしたホテルが建ち並び、半マイルのカーブを描く海岸線を見下ろしていた。その背後には、両端がほとんど岸にまで届いている丘の上の森に向かって、家々が坂を登るように密集していた。遊歩道の端あたりには、歩道に埋め込まれている大きな貝殻の上に、支柱で立てられた町の看板があった。

ガルショーへようこそ《ウェルカム・トゥ・ガルショー》！——海以外にも魅力がたっぷり《ソー・マッチ・モア・ザン・シー》！

自分にとっては確かにその通りだと、フェアマンは考えた。

折しも、町は微睡《まどろ》みの中にいるようだった。数組の家族連れが、太陽が出てくるのを待ち望んでいるみたいに、ビーチに敷いたタオルの上に横たわっていた。車椅子の老人たちが遊歩道をうろうろしていて、親たちは眠たげな波のペースに合わせてベビーカーに乗った子供たちを押していた。いくつかの横断歩道の先では、交通標識《ベリシャ・ビーコン》が物憂げに点滅を繰り返していた。クレイジー・ゴルフのコースは使用中だったが、プレイヤーたちはといえば、石の無表情さで海の方に目を向けながらも、そこから目を逸らして選手たちを見守っているようにも見える銅像よりも元気がなかった。フェアマンがホテルの並びの向こうに目をやると、色とりどりのライトがきらめくゲームセンターや、たくさんの帽子が並んでいる土産物屋、鰭《ひれ》のところにメニューを挟み込まれた、人間の背丈ほどもある魚が見えた。森の奥の方では、ジェットコースターの傾斜路を車列が這い登り、大きな車輪が数秒ほどゆっくり回転した後、再び静止するのが見えた。

　第一言霊教会を通り過ぎたあたりで、フェアマンはスピードを落とした。それほどスピードを出していたわけではないが、そういう気分になったのだ。いずれにせよ、ホテルを探さねばならない。ステイモア、トップルーム、シーサイド・ドリーム、クンバック［ホテルの看板を読み上げている］……やっとワイリーヴの看板が見つかった。三階建てで、ステンドグラスの日除けのある重厚な建物だ。道路を挟んだ向かい側には、落書きのせいで今時の建物に見える、ヴィクトリア朝時代の風よけがあった。フェアマンがワイリーヴの建物から駐車場まで車を走らせると、駐車場の半分近くを六台の自動車が占拠していた。

　フロントに続く廊下の壁紙は、彼が生まれる前からそこにあったのではないかと思えた。壁紙の模様は同じパターンの繰り返しで、波から飛び出す魚を様式化した浮き彫りだった。銀髪にカールをかけている日焼け顔の女性が、濃い色をした巨大な木製のカウンターの後ろに座っていた。一瞬、眠そうな表情を浮かべたかと思うと、彼女は机から立ち上がり、真珠のネックレスが刺繍入りの白いブラウスの上で揺れて小さな音を発した。「ミスター・フェアマン」と彼女は言い、満面の笑みを浮かべた。「ミセス・ベリーです。ジャニーンと呼んでください。ワイリーヴへようこそ」

　彼女は手を差し出したが、その手は柔らかくしっとりしていて、弱々しいように感じたので、フェアマンはあまり強く握らないように気をつけた。「挨拶はさておいて」と、彼女は言った。「こちらに詳しく記入してくださいな」

登録用紙の必須事項が多いことに、彼は驚いた。氏名や住所、車の登録番号のみならず、職業や近親者――父親の名前や老人ホームの電話番号まであった。

「たった一泊のために、大変よね」と、ジャニーン・ベリー。「もっと泊まっていきません？」

「ありがたいけど、予定が決まっていてね？」

「それで、どうしてこちらに？」

「本さ」

「あらまあ」彼女は質問というよりも、冗談を口にするようだった。

「もちろん僕たち司書は、他のことにも興味がありますけどね」

「でしょうね」彼女は少し戸惑ったように瞬《まばた》きをしながら、カウンターに置かれた呼び鈴の出っ張りを叩いた。「トム、ミスター・フェアマン《ミスター・フェアマン》さんを六階に案内してちょうだい」

荷物運び《ポーター》はまるまる太った若者で、日に焼けた肌はフェアマンに魚の衣《ころも》を連想させた。フェアマンの荷物を運びながら、そこらじゅうを壁紙に囲まれた階段を上っていく彼に、フェアマンは「日光浴に出かけていたのかい？」と聞いてみた。

「そうじゃないッスよ」と、振り返りもせずにトムは答えた。

フェアマンは苛立ちを感じた。たぶん、その日焼けは、人工的なものなのだ。トムは、一階の部屋の鍵を開けるまで黙りこくっていた。「ここがお客さんの部屋ッス」

ドアが開くや否や、フェアマンは海の水平線を見渡すことができた。同じ素材の帯できゅっと締められた、重厚な紫色のベルベットのカーテンが、大きな窓を縁取っていた。受付カウンターと同じ濃い色の木で造られた大きな衣装ダンスが、幅広の楕円形の鏡が置かれた化粧台の両脇に並んでいて、近くには藤色の豪華な椅子が置かれていた。ダブルサイズのベッドカバーとふっくらとしたヘッドボードも、紫色で統一されていた。壁紙は淡いブルーで、様式化された波が描かれていたが魚はいなかった。

フェアマンの許容範囲ではあったが、バスルームがないのには驚いた。彼が部屋の隅の窪みを見て顔をしかめているのに気がついたのだろう。荷物運び《ポーター》は、廊下沿いにある〝WC《トイレ》〟〝風呂《バス》〟と書かれたドアを指さした。「どうせ長居はしないんスよね？」と、彼は言った。

トムがベッドの足元に鞄を放り投げると、フェアマンは彼の手に一ポンド硬貨を押し付けた。湿った手のひらがぐにゃりと沈み込んで、力を入れすぎたかと思ったが、荷物運び《ポーター》は無反応だった。

「何かあったら呼んでくださいッス」とつぶやいて、彼は廊下へ去っていった。


フェアマンは、ギシギシと音を立て、ラベンダーの芳香を漂わせるベッドに腰掛けた。携帯電話を取り出すと、まるで大きな寝息を長いこと吐いているような海の音が聞こえきた。ガルショーのどこかで電話のベルが鳴っている間、彼は息を止めていた。やがて、男性の滑らかな声で、「ガルショー・プレイヤーズのホームです。ご用件は何でしょう？」と聞こえてきた。

「ラントさんはいらっしゃいますか？」

「かくいう、この私でございます。フェアマンさんでいらっしゃいますね？」

「そうです」無意識に訛《なまり》が出ていないかと気にしながら、フェアマンは答えた。「町に着きました。いつ頃、伺えばよろしいでしょうか？」

「今が一番良いタイミングですよ。準備ができ次第いらしてください。道は誰に聞いてもわかります」

フェアマンは、生身の彼が、電話口から受ける印象よりも情緒過多でないことを祈った。彼は部屋から出ると、ルームキーについている真鍮の棒がうまく入りそうなポケットを探しながら階段を降りた。

「それを持ち歩かないでください」と、ベリー夫人が咎《とが》めた。「私たちが常駐してますんで。必要なら起こしてくださいな」

「ショー劇場にはどう行けばいいんです？」

「この町でたったひとつの劇場ですよ。正面の道に沿って進んで、グッドナイトの近くで曲がってください。それで着けます」

フェアマンが了解すると、彼女はこう言った。「このあたりを見て回ってみてはいかが？　見どころがまだたくさんあります《ゼアズ・ソー・マッチ・トゥ・シー》よ」

それは、町のスローガンにひっかけたジョークだったのか、それとも彼女の語彙が貧弱だったのか。

車にたどり着く頃には、フェアマンはそのことを忘れていた。通り過ぎてきたホテルの中にグッドナイトがあったかどうかは覚えていなかったが、ゲームセンターとホテルを隔てている通りの角、ホテルが並ぶ列の一番端にあるのを見つけた。劇場は、小道で左右に分けられている通りの中ほどにあった。

フェアマンが劇場の下に車を停めると、子供たちの手を引いた夫婦が彼のいる方へ坂を上がってきた。

男の子と同じくらい眠たげな目をした女の子が、父親が機械にコインを投入するのを眺めていた。機械はカチカチと音を立てて、蠱惑《こわく》的なチケットを吐き出した。子供たちは、窓口の中に切符を差し出している彼の姿を見るだけでご機嫌らしく、父親が自分たちを置き去りにして映画を観に行っても不満を鳴らさなかった。ネオンサインが停止している、ずんぐりした灰色の建物が目に入ったが、もともとどんな名前だったのかはわからなかった。文字の輪郭が残っていたので、かつては〝ガルショー〟と掲げられていたことがわかった。

ガラスのドアの両側には、〝ガルショーの演者たちがあなたのために海へ《ザ・ガルショー・プレイヤーズ・イン・フォー・ユー・トゥ・シー》〟という宣伝文句の書かれたポスターが貼られていたが、フェアマンには意味がわからなかった。一番近くのドアを開けようとすると、若い女性が玄関ロビー《ホワイエ》の向こうからやってきて、むやみにせかせかした身振りをしながら、彼を迎え入れてくれた。

「フェアマンさんですか?」彼女が笑顔でこう言うと、日焼けしたふくよかな顔に皺が寄った。

「ラントさんがお待ちです。そのまま向かってください」

チケット売り場の先の廊下には、フェアマンが生まれる前の古いポスターが飾られていた。彼は目を細めて何枚かのポスターを眺めたが、弱々しい光と額縁の中の曇ったガラスが顔の輪郭をぼやけさせていた。その時、廊下の端にある扉が内側に開いた。「フェアマンさん」と、支配人が大きな声をあげた。

「フランク・ラントです。このショー劇場にようこそお越しくださった」

艶やかな黒髪の、小柄な男だった。ラウンジスーツを着用し、白いシャツは突き出した腹でぴちぴちになり、ボタンの間から黒い毛が覗いていた。蝶ネクタイは、端正な口髭と同じくらい黒く、彼の丸顔と艶を分け合っているかのようだった。握手は、フェアマンの好みからするとやや長めで、湿っていてしなやかだった。「どうぞお入りください」と、彼は促した。「お祝いに一杯いかがです？」

「運転があるのでやめておきますよ。ここに来れただけで、私にとっては十分なお祝いです」

「貴方《あなた》のためだけではないのですよ、閣下《サー》」ラントは広くてどっしりしたデスクの背後にある年代物の革張りの椅子に腰を下ろし、フェアマンはずんぐりした腰掛けに座った。

「私たちの本のことを知り尽くしている人にお会いできて嬉しいです」と、ラントは言った。

「全部とは言えませんね。あなたが記事でお読みになったことだけです」

支配人が礼節を保ちつつ納得していないような顔をすると、フェアマンはこう付け加えた。

「どうやってその本を手に入れたのか、お聞きしても？」

「父がくれたのです」

警戒心を感じてしまうほどぶっきらぼうな口調で、この男の普段の流儀にはとても思えなかった。たぶんフェアマンは、家庭内の秘事に触れたのだろう。

「彼が貴方を信頼したのは、間違いなく正しかったのだと信じていますよ」と、彼は言った。

「貴方のために、そのように申し上げておきますよ」

フェアマンは身の潔白を証明するべきだと感じ、「身分証明書をご覧になりますか？」と言った。

「その必要はありませんん」ラントは、気分を害したのかもしれなかった。「貴方が誰なのか、疑う者はいませんよ」

「では、あなたが大事になさっているものをお見せいただけますか？」

「光栄です」ラントは、休憩後にストレッチをするかのように立ち上がったが、フェアマンには座ったままでいるよう身振りで示した。「貴方のために、こちらに持ってきてあります」と、彼は言った。

フェアマンは、どこか別の場所に連れて行かれるのだと思っていた。ラントが振り向いた先にある、机の背後の金庫は、九冊の本を収めるには小さすぎるようだったが、フェアマンは一九世紀のオークション・カタログから、その本が小さな四つ折り本だと知っていた。キーパッドを叩いた後、支配人は親指が膨らんで平らに見えるほど強く最後のキーを押し込み、扉が半開きになると後ろに下がった。

金庫の中は書類でいっぱいで、フェアマンが見た限りでは、他には何も入っていなかった。ラントが扉を大きく開けて中に手を伸ばしたので、フェアマンはもっとよく見ようと、首を伸ばすのをどうにか我慢した。息をするよりも長く感じた数瞬の間、フェアマンは男が腕をかなり遠くまで伸ばしているような、奇妙な印象を受けた。ラントが金庫から小さな黒い本を一冊取り出すと、彼は息を吐いた。

「さあ、これがそうですよ、フェアマンさん」と、彼は言った。

ラントが両手で渡してくる本を受けろうと、しゃがんだ姿勢で立ち上がったフェアマンは、まるで敬意を表して叩頭《こうとう》しているように見えたに違いない。その本は、柔らかい黒革で装丁され、表紙には飾り模様《コロフォン》が浮き出し加工されていた。フェアマンは最初、その図案から自分の卵嚢を摑んでいる蜘蛛の姿を連想したが、その後、地球の裏側に潜む生き物の手足か、さもなくばたくさんある指の鉤爪《かぎづめ》に摑まれ、持ち上げられた世界を描いたものだと気がついた。背表紙にはタイトルがなく、改めて表紙を手前に向けると、飾り模様《コロフォン》が黒々と浮かび上がったように見えた。「ありがとうございます、ラントさん」と、彼は言った。「これが私にとってどれほど大きな意味があるのか、あなたにはおわかりいただけないでしょうね」

「然るべき方の手に渡ればそれで良いのですよ、フェアマンさん。それだけで十分です」

フェアマンが本を開くと、澱《よど》んだ水を思わせる黴《かび》臭い匂いが立ち上《のぼ》った。一呼吸するうちにそれは消えて、ページはほとんど黄変していなかったものの、嗅ぎ慣れた古紙の匂いに変化した。本扉の文字を読みながら息を長く吸うと、両方の匂いが漂ってきた気がした。

巣穴としての世界について
グラーキの黙示録　III

編集、構成、校訂　パーシー・スモールビーム

最初のページをめくる間、指が少しばかりべたついて、表紙もじっとりしているように感じられた。

いったい世界には、どれほど多くの秘密があるのだろうか！　水の中に隠されているものもある。故にこそグラーキは、彼《か》のものが送り出す夢の中でしか知られていないのかもしれない……

　フェアマンは、生きている人間でこの文章を読んだ者はほとんどいないだろうと考えた。顔を上げずに最後まで読んでいる自分の姿をありありと思い浮かべられたが、ラントの配慮をあてにはできない。購読者の名前や電話番号は書かれていなかったが、この巻が通し番号で六一番目のセットの一部であることに気づき、プロとしての意識がいくらか戻ってきた。彼は本を閉じ、ラントが金庫を閉めるのを見やった。「残りの本をいただけませんか？」と、彼は言った。

「残りというと」と、ラントは言い、彼を見つめた。

「残り全部のことですよ」フェアマンは、言い間違いではないことを示そうと、笑ってみせた。「他のやつです」と、彼は言った。「他の本ですよ」

「この本が、私が所有しているとお伝えした通りのものですよ、フェアマンさん」

　フェアマンは一瞬、相手と同じように当惑した。「違う本という意味ではないんです。すみませんが、このセットの残りの巻のことを言っているんですよ」

「わかっています」

「つまり」フェアマンの言葉には、押し殺しきれぬ鋭さがあった。「これで全部だと？」

「どうか、こんなところまでやってきた甲斐がなかったとは思われますな」

「恩知らずとは思わないでください」フェアマンの口調には、諦めが滲《にじ》んだ。「歓迎すべき贈与なのですから。寄贈者として、あなたの名前を記載させていただくつもりですよ」

「私を特別扱いする必要はありませんよ、フェアマンさん」

「あなたがそれで納得できるなら、それでもいいですよ、ラントさん」と返事をしたものの、反応がなかったので、フェアマンは続けた。「でも、残りの本がどうなったかは、永遠にわからなそうですね」

「わかりますよ」

フェアマンは「どうすれば？」と尋ねる前に、一呼吸置かねばならなかった。

「ストッダート医師《せんせい》を訪ねるといい。私と同じく、彼もあなたがお求めのものをお持ちです」

「残りの巻ってわけですか？」

ラントがゆっくりと笑みを作った時、フェアマンは自分がつまらない冗談の標的にされたような気がした。おそらくそれは、ラントだけのユーモアではなく、地元民のユーモアだったのだろう。いくつかの質問が頭に浮かんだが、彼は「電話番号をご存知で？」とだけ口にした。

「診療所にいるはずですけれど、今夜は閉まっていますね」

「念のため、電話してみます」

「ご自由にどうぞ」ラントは番号を告げ、「フランクのところにいると伝えてください」と言った。

受付係が電話に出たが、それは波のようにシューッという音を立てるテープの録音のみだった。

彼女は、抑揚たっぷりに診療時間を告げた後、緊急時の電話連絡先を教えてくれた。フェアマンは、この番号にかけるのは適切ではないと感じた。「ストッダート医師《せんせい》、私はブリチェスター大学文書庫《アーカイブ》のレナード・フェアマンです」と、彼は話しかけた。「ラントさんが、貴重なものを寄贈してくださいまして、あなたがそれを完成させてくださると仰っています。電話番号を残しておきますので、お電話をいただければ幸いです」

　彼が顔を上げたのは、ラントの表情が消えかけていた時で、それを読み取るには遅すぎた。

　ごく短い付き合いでしかないのに、フランクと呼び捨てするのはおこがましく思えた。

「気前のいいご寄贈に、改めて感謝します」彼はそう言って、立ち上がった。

「もうひとつプレゼントがあるんですよ」ラントはそう言って、机の上に置かれた紙切れを手渡した。

　それは、木曜日の夜のガルショー・プレイヤーズのチケットだった。「ご親切にどうも、ラントさん」と、フェアマンは言った。「だけど、その頃にこの町にいるとは思えませんね」

「私どもから逃げてはいけないよ、レナード。見どころはまだたくさんあるのだから《ゼア・ズ・ソー・マッチ・モア・トゥ・シー》ね」

　突然の馴れ馴れしさと、スローガンの下手な引用——どちらがより腹立たしかったのか、フェアマンには判断がつかなかった。支配人がドアを開けてくれたので、彼は今一度、ラントに礼を言った。

　玄関ロビー《ホワイエ》では、若い女性がドアを開けてくれて、フェアマンの獲得したものに、ほとんど敬虔《けいけん》とも言える表情を向けてきた。おそらくラントは、スタッフにこの本のことを話していたのだろう。劇場の外に出た時、フェアマンは自分に向かってとぼとぼと坂道を登ってくる誰もが、この本に気づいているのではないかと考えた。もちろんフェアマンは、こんな屋外に無防備でいることが気がかりだっただけのことで、急いで車のロックを解除した。

　彼は、エクセルシオール［ビールの銘柄］を詰めた頑丈な段ボール箱を九つ持参していた。そのうちの一つに本を入れるスペースを作って蓋をすると、かなりの数の通行人が彼をじっと見つめていた。少なくとも一人の男が、古いメロディーを小さくハミングしながら、歩く速度を落として見守っていた。フェアマンは、この本の大変な価値を周囲に漏らしてでもいるのだろうか。彼は手早く箱をトランクにし収納し、車に鍵をかけてからホテルに引き返した。

ジャニーン・ベリーは受付のカウンター越しに、彼が両手で抱えている品物に目を向けた。「ガルショーにがっかりさせられたと思わないでくださいな、フェアマンさん」

「ご心配なく」彼はもちろん、一冊よりも多くの本のためにここに来たのだと彼女に話した。「家に帰る前には、もっとお楽しみがあるんですよ」と、彼は話した。

自室に入った彼は、左側の洋服ダンスに隠されている金庫を開けた。九箱分のスペースには足りていなかったが、まあ使わずに済むだろう。残りの本を引き取ったら、すぐにブリチェスターに戻るつもりなのだし。段ボール箱ごと金庫に入れると、彼はキーパッドに自分の誕生日である〝5475〟を入力した。金庫がしっかり閉まっていることを確認すると、彼は夕食を取りに外へ出た。

夕食にはそれほど期待していなかった。本と過ごす時間を楽しみにしていたのだ。彼は遊歩道を歩き、時折、ベビーカーを追い越した。太陽はもう沈んでいたが、水平線と海が溶け合うところに灰色の靄《もや》が漂っているので、正確にどのあたりに沈んだのかはわからなかった。

ホテル街を過ぎると、ゲームセンターの喧騒に迎えられた。フルーツ・マシーン［フルーツを揃えるスロットマシン］の電子音、幼児向けの乗り物が繰り返す短い曲、ビデオゲームのロボット音声。二軒のゲームセンターに挟まれた、〝フィッシング・フォー・ユー〟という店の窓の中では、緑のチューブから漏れ出すモスグリーンの光に照らされて、尾をくいっと上げた巨大な魚が立っていた。フェアマンがこのフィッシュ・アンド・チップスの店に入ると、店主は意外にも、看護師もどきの白い制服を着用する痩せこけた女性で、「評判が伝わったのかしら」と声をかけてきた。

「すまないが、意味がよくわからない」

彼女は、心外だと言わんばかりに見える表情を浮かべた。

「最高の魚料理の評判よ」と、彼女。「遠くから来たんでしょう？」

たぶん、フェアマンにはそのつもりがないのだが、また訛《なまり》が出てしまったのだろう。「大人気なのよ」と、彼女は言いながら、油をはじく紙の上に山盛りのフライドポテトを乗せ、その上に衣をつけた魚を乗せた。「また食べに来てね」

ガルショーにそれほど長く滞在するつもりはないと、わざわざ告げたりはしなかった。彼女は〈ガルショー・ガネット〉[10]の新聞紙でパッケージを包み、油でてらてらと輝く手をタオルで拭いてからフェアマンに釣り銭を渡した。彼は熱々《あつあつ》の包みを手にして道路を渡り、ビーチを見下ろすベンチに向かった。

こんな時間にまだ、人間が海で泳いでいるのだろうか。深まりゆく夕暮れの中、彼は目を細めて、形の定まらない姿が大きなクラゲだと確かめた。夕飯の包みを開けると、風が新聞紙をばたばたとはためかせた。薄暗がりの中で、魚がある種の躍動感を示そうと必死になっているように見えた。衣はサクサクで、魚の身《み》は少しゴムっぽい感じだったが、子供の頃に食べたタラを思い出すような味だった。魚とフライドポテトをあらかた食べ終え、残りはしばらくゴミを回収されていないらしいコンクリートのゴミ捨て場に放り込んだ。古臭い電話の音が聞こえたのは、ワイリーヴに戻っている時だった。

年季の入った電話ボックスがあってもおかしくない遊歩道だったが、音はポケットの中で鳴っていた。

ストッダート医師が電話を折り返してくれたとのかと思いきや、携帯電話のディスプレイにはサンドラの名前が表示されていた。「ごめんよ」と、彼は言った。「もっと前に電話を入れるべきだった」

「もう到着してたってわけね」

その声には愛情が籠《こ》もっているように聞こえたが、他の誰かに対してもそうなのかは知らなかった。

「少し前に着いたんだ」と、彼は言った。「どういうわけか、ずいぶん長くいるみたいに感じるよ」

「あなたにしてはあやふやな言い方ね、レナード」

「きみと離れているからに違いない」

フェアマンは、彼女が褒められた時に見せる――嬉しい気持ちを隠しきれない表情を浮かべているのを想像した――だが、何の返事もなかったので、彼は言葉を続けた。「子供の頃の休日を思い出すよ。まあ、そんな休日を過ごしたことはないんだけど」

「そういうのが好きだとは、知らなかったわ」

「もちろん、そうじゃない。僕が楽しみにしているのは、僕たちで過ごす休日だよ。僕としては、アートギャラリーでも教会でも構わない」

「それで、目的のものは手に入れたの？」

「スタートを切ったところさ」

「手に入ったのか、手に入っていないのかで答えてちょうだい、レナード」

「僕にメールをくれた人が、全九巻を持っていると思ってたんだ。彼のメールは見せただろう？」

この言葉を飲み込もうと彼女が言葉を切ったので、彼はこう言った。

「持っていたのは、一冊だけだったんだよ」

「それで、朝食を取ったらお帰りになるって感じなの？」

「そこまでせっかちじゃないよ。残りのセットを持っている人からの連絡を待っているんだ」

「どうしてわざわざ分けてるのかしら」

「何も聞かなかったというのが、本当の話なんだがね。僕が会った男は、そいつの来歴についてあまり話したくないみたいだった。誰も彼もが、僕たちみたいに本のことを気にかけるわけじゃないからね。とにかく、この本が今でも存在していたってだけで御の字さ」

「その人たちに利用されちゃだめよ、レナード」

「誰がそんなことをするんだい？　金銭を要求されてるわけでもなし。寛大さに感謝しなくちゃ」

「これで厄介払いできると喜んでいない限りはね。たぶん、その本をあなたにくれた男の人は、自分の家にそういうのを置いておきたくなかったのよ。それで一冊しかなかったんじゃないかしら」

「自宅じゃなくて、オフィスの金庫に収められていたんだ」

「へえ、そういうこと」

フェアマンは反駁しながら、彼女が都合のいいように曲解していると考えた。

「彼の考えはこの際どうでもいいよ、そうだろ？　アーキビストとしての僕たちの仕事は、そうした本を保存することなんだからさ」

「だからといって、その本が象徴していることを宣伝する必要はないんだからね」

「宣伝も何もないよ。まだ読み始めてもいないんだから」

「ねえレナード、本当に読まなくちゃいけないの？」

「蔵書のことを知っておかないと、司書は務まらないよ」

「そういうことなら、仕事が済むのを待った方がいいわね」

「きみがよければ、帰る時に電話するよ」彼女が返事をしたので、彼はこう言った。「良い夜を」

「そうあって欲しいものだわ」会話が終わったと彼が考え始めた頃に、彼女が告げた。「あなたもね」


ニックネームで呼んだりといったような、親密さの表現をあまりしないので、フェアマンは彼女の声に好意を覚えるようになったのだ。会話をしている間に、彼はワイリーヴの向かいにある風よけにやってきた。開放的な四阿《あずまや》には、四つのベンチが十字の形に並んでいた。海に面したベンチには、〝メラニー〟と〝セス〟という名前が、畸形に見えるほど不器用に描かれたハートマークで結ばれていた。もうひとつの席には、漫画家の熱意によって結合された不格好な人物たちが描かれていて、その一方でホテルに面したベンチには、片手でも描けるような飾り文字《イニシャル》がびっしり並んでいた。フェアマンは、ホテルに向かう遊歩道を横切りながら、その落書きが何かの文章ではないことを証明しようと、頭の中でそのちんぷんかんぷんな言葉を発音してみた。


彼がロビーに足を踏み入れた時、ベリー夫人はデスクの後ろで立ち上がっていた。夫人は、彼のことを待っていたのだろうか。ベリー夫人が彼女が鳩の巣箱のような棚から彼の部屋の鍵を取り出すと、それはジャラジャラと音を立てた。「もうお休みですか、ミスター・フェアマン？」

「その前に、読む本があってね」

「そうでしょうね」彼女の返答はまるで、世間一般の司書というものに対するイメージを再確認したかのようだった。階段に向かっていくと、彼女は「よい夢を」とつぶやいた。

「僕はあまり夢を見ないんだ」

「私たちはみんな夢を見るのよ、レナード」彼女が額に触れると、眉毛の片方と指先が一瞬青ざめた。

「そうしないと、そこに何があるのかは決してわからないの」

　サンドラはそういう観察が一番苦手なのだと、彼は階段を上がりながら考えた。彼女は、フェアマンがディープフォール・ウォーターについて知っていることを、そう大したことでもないのに、結局話そうとさえしなかった。ネットにアップされたエッセイには、特筆すべきことは何も書かれていなかった。人気《ひとけ》のない湖のほとりに、カルト教団が住み着いただなんてことが本当にあったのだろうか？　一九六〇年代、幻想的でオカルティックな題材が専門のマイナーな芸術家、トーマス・カートライト[*11]が湖畔の家のひとつに引っ越し、何物かに襲撃されて死亡したことから、その説が再燃した。

　警察の捜査では結論が出ず、カートライトが引き継ぐ前に屋敷を放棄したはずの家族の行方も突き止められなかった。かつて家々に私設墓地があったという話にしても、痕跡は見つかっていないのだが、石造りの墓が原型をとどめないほど粉々に壊されていたとの説もある。地元の作家であるローランド・フランクリン[*12]のオカルト本『人はみな視界から消える』には、警察が壊したとすら書かれていた。

　フェアマンは、こうした話は〈ブックハンター・マンスリー〉で触れるのに相応《ふさわ》しくないと考えていたし、サンドラもそれ以上聞きたがらなかった。それとは別の、彼自身の逸話にともなればことさらに興味がなかったはずだ――彼女なら〝男子生徒の愚行〟と呼ぶだろうと、彼は想像した。それは、カートライト事件から四半世紀後、ブリチェスター高校時代の話だった。その湖は、夜になるとそこに行けと友達をけしかける場所となっていて、フェアマンは仲間の生徒たちが映画からそのアイディアを拝借したのだろうと思い込んでいたが、実のところこのチャレンジの発案者は、湖に最も近いブリチェスターの端に住んでいたのだ。そこに出かけた者たちは、続々と過激な報告をもたらした。湖が巨大な心臓のようにどくどくと脈打ち始めたとか、湖の向こう側の木々の間に骨のように硬い人影の行列が見えたとか、湖の真ん中に突き出ている茎に生えた球状の突起が、ティーンエイジャーの一行を視界にとらえるように向きを変え、それが目だと気がついたとか。そんなものが、夜中に見えるはずもない。当時のフェアマンは、この冒険者たちが悪夢にうなされたことに驚かなかったが、校長が湖行きのことを知って、これを禁止した。それはもう恐ろしい剣幕だったらしく、湖は再び噂の中にとどまる場所となった。

彼が知っているところでは、それ以来、ネス湖の深みを探ろうとしたような人間がこの湖を訪れるようになったのだが、不自然なものを示す証拠はほとんど見つからなかった。

ディープフォール・ウォーターに行ったことをサンドラに話すことは、この先もないだろう。エッセイにもっと躍動感を持たせたかったのだが。たぶん、学校の友達からそうそう思われていたような、本好きの内向的な人間ではないことを証明したいと思っていたのだ。夜に外出する言い訳が思い当たらなかったし、二月の午後でさえも、あの場所は不必要に暗く感じられたものだった。幹線道路から延びている、舗装されていない小道の近くまでせり出した木々が、湖を取り囲んでいたからに違いない。その木々は、水辺の石畳の道沿いにより集まるようにして建っている、三階建ての家々を影で覆っていた。六軒の家々はどれも屋根が崩れ落ちていて、何軒かの床は、瓦礫の重みで崩れ落ちてしまうほどひどく腐っていた。テラスの真ん中にある家の壁からは、黒ずんだ壁紙の一部が大きくべろんと垂れ下がっていて、そこが半世紀近く前、一番最近まで人が住んでいた家なのだろうかとフェアマンは考えた。どの家の窓にもガラスの破片すらなく、全部ではなくとも昔の同窓生が一因を担っているのではないかと、彼は疑った。建物は、あたかも自分たちには何の個性もないのだということを示そうと並べられた仮面の列の如く、湖面に向かって口を開けているかのようだった。湖の端に近づいた時、その思いつきが妙に不安に感じられた。

濁《にご》った水はおそらく、半マイルほど先の木々まで続いていた。そこは、何人かの同級生がそんなところを歩いているはずもない行列を見たと主張していた場所だった。木々は密集していたので、懐中電灯で照らしたところでそれが見えるとは思えなかった。湖の深みを探るのは、さらに難しかった。湖は大きな羊歯《しだ》に縁取られていたのだが、水面下の茎はほんの数センチしか見えず、水面は全体的に不透明で、湖の中で何かが起きていて、泥がかき回されているのではないかという想像をかき立てられたように思う。実際、水はすっかり澱《よど》んでいて、それでもディープフォール・ウォーターにやってきたからには何かを見つけねばならないと、彼はさらにじっくりと目を凝らした。周囲の木々が、彼の真似をして首をかしげ、まるで頭上の空を縮こまらせてしまうほどの闇黒の虹彩が広がっているような、奇妙な印象を彼は抱いていた。集中力のせいに違いない。それに、彼が観察することで、深みにいる何かの存在を覚醒《めざ》めさせてしまうかもしれないという考えも影響していた。実際、湖の真ん中からゆっくりとした波紋が広がり始め、新たな波紋が次々とそれに続いたのだ。その波紋はひどくゆっくりと広がり、彼はその無気力さに支配されたように感じていた。脳の波動が、催眠術じみた波紋のペースに落ち込んだように思えたのだ。その考えが、彼を我に返らせた。不自然に思えるほど早く、闇が落ちたせいもあった。さざ波の音が聞こえてくるようになったので、彼は湖に背を向けて車に戻った。エンジンを始動させた頃には、歩道の端で水が跳ねる音が聞こえた。もちろん、あの波紋は風が起こしたものに違いない。湖の周りの木々が全て、湖の方に向かって曲がっていたのだから。

このような印象の他に、何かしら持ち帰ってきたものがあるようだった。理性的で自分をコントロールできることにプライドを感じているサンドラと同じく、彼は夢を見たことがないか、少なくとも見た夢のことを覚えていなかった。だが、ディープフォール・ウォーターを訪れてから数晩の間、目が覚めた時にあれこれの考えが頭にこびりついていた。眠りに落ちそうになる度《たび》に、彼は湖を調査しようとした探索者たちのことを考えた。あの湖を騒がせるという考えは、湖底の奥深くに巨大な何物かが潜り込んでいて、泥の雲が厚く立ち込めてその住人を覆い隠しているという、不安に思えるほど鮮明なイメージを思い起こさせた。そのことが、彼がこのひどく珍奇な本にどれほど夢中になっているかを物語っているのに違いないのだが、一晩の間に繰り返し幻覚に襲われので、ついには眠ろうとするのが恐ろしくなってしまった。夢を見るということがそういうことなのだとしたら、彼には向いていなかった。

エッセイを書き終える頃に幻覚を見なくなったのは、両者に関連性があることの証左だった。サンドラには話さなかったが、別々に暮らしていたことを感謝するべきなのだろう。あるいは、ガルショーでの発見に対する彼女の意見も、すぐに変わるかもしれない。世界でも最も希少な本の一冊を目にしたら、いかなる司書であれ影響を受けないはずがないのだ。

部屋のドアに鍵をかけて、金庫に急いだ。誕生日の数字を入力した時、金庫が開かないのではないかという狂おしい焦燥に襲われた。その本のあまりの貴重さの故に、取り出せないかもしれないと思ったのだ。しかし、黒い扉がゆっくりと開き、彼は薄暗い金庫の中に手を入れて箱を両手で抱きかかえ、ベッドの上にそれを置くと、紙製の巣箱から本を取り出した。革製のカバーは予想外に冷たく、爬虫類の皮膚のような感触だった。彼は一人掛けの椅子に座り、幼児を扱うような手つきで慎重に本を開いた。

「いったい世界にはどれほど多くの秘密が……」

ブリチェスターから、北の海岸沿いまでの長いドライブの疲れが出たのだろうか。集中力に影響しているのは、疲れだけではないのかもしれない。呪文じみた散文が何を意図していたにせよ、明快な筆致とは思えなかった。パーシー・スモールビームは、原資料をどの程度書き直したのだろうか。その文体は確かに、単独の著者の手になる作品のように読める。文章を解釈しているというよりも、自分の脳内で文章が形になるのを待っているような、夢見にも似た要らぬ体験をしているように、フェアマンには思えてきた。彼は参照先を探そうと、固くこわばったページをめくった。たとえば、グラアキというのはどういう意味なのか？　たぶん、それよりも前の巻で明らかにされていたのだろうが、この巻の半ばあたりで、ブリチェスターへの言及を見つけた。

世界中の特定の地域が、異星人やオカルト的な諸力の中心地であるのだと説かれているようだが——この本では明確に区別されていなかった。これが何世紀にもわたりそこで行われてきた魔術実践の結果なのか、その場所がもともと魔術の実践を引き寄せたのか、不明瞭なままだった。マサチューセッツ州にあるアーカムの町の周辺がそうした場所であり、米国内には他にも、セスクァ・ヴァレー[*13]やメイン州のキャッスル・ロック[*14]周辺の地域などがある。英国では、この本の刊行当時、スラム街が慢性的な過密状態にあって「古《いにしえ》の住民が、現世的な目的で頼みの綱とする者以外には注目されぬまま繁栄していた」というマースク近郊のヨークシャーの荒れ地や、カーリアン、リヴァプールが言及されていた。

ブリチェスターについては、同書によれば、この町の周辺地域であるセヴァン・ヴァレーがオカルト活動の中心地であり、人類より遥かに古い生き物どもの巣窟だと示唆されている。後者の一部は、もはや地図に掲載されていないクロットン村[*15]の地下で生き延びているとされ、「彼らはその場所で、地底の深淵に流れ込む目に見えぬ水の立てる音を真似している」と書かれている。他の伝説については、古代の遺跡をキリスト教的なものに変えようとする試みが、地下の窖《あなぐら》に引き寄せられた忘れ去られた存在に栄養を与えたに過ぎなかったというテンプヒル[*16]や、ローマ時代に大母《マグナ・マーテル》[*17]と呼ばれた非人間的な存在の崇拝地であったというゴーツウッド[*18]についての話がある。グッドマンズウッドの名前の由来となった森では、人の脳に群がる昆虫族が造り上げた男に遭遇するかもしれない。そして、この箇所でようやくグラアキへの言及があったが、パーシー・スモールビーム流の綴りになっていた。

「その峡谷は神秘的な力に満ちていたので、グラーキが石の繭《まゆ》を宇宙の深淵に導くためのビーコンとして機能した」

フェアマンは、故郷周辺の地域がこれほど多くの神話を生み出していることに、気づいていなかった。それらは、原資料を書いたカルト教団の妄想に過ぎないのかもしれないし、パーシー・スモールビームが詳しく書いたのかもしれない。どちらなのかは、誰にもわからない。それでもフェアマンは、そのいくつを既に知っていたという、掴みどころのない奇妙な感覚を抱いていた。それはまるで、夢の内容を思い出そうとしている時のような心持ちだった。鏡に映っている、困惑した自分の目をじっと見つめていると、電話が鳴った。目が覚めそうになったのは、非通知の番号だったからだ。

「レナード・フェアマンかね？　私をお探しということだが」

「あなたがどなたかによります」

「デニス・ストッダートだよ、レナード君。メッセージを残してくれたね」

「ストッダート医師《せんせい》ですか」フェアマンは、相手の馴れ馴れしさにすぐに合わせる気になれず、医師にも歓迎していないことが伝わるように願った。「折り返しのお電話ありがとうございます。ラントさん《ミスター・ラント》が仰るには――」

「賭けてもいいが、あの男があれこれ話しただろうし、少なくとも半分は聞く価値があっただろうね。あいつのそういう腹蔵《ふくぞう》のなさを、我々皆が気に入っているんだ」医師は得意げな笑いを短く切り上げて、こう言った。「だが、きみの探している神聖なものの在《あ》り処《か》を彼が教えたのなら、それは真実だよ」

フェアマンは――とりわけ、サンドラがこの場にいたなら――その神聖さとやらについて異議を唱えたかもしれないが、「いつならご都合が――」と言った。

「朝のうちなら、いつなりと。ぐっすりと眠りたまえ」と、医師は言うと――まるで医学的なアドバイスのように――電話を切った。

ベリー夫人なら、間違いなく診療所への行き方を知っているだろう。鏡に映っている、化粧台上の本の表紙が、手招きでもしているみたいに、上向きにピクピクと動いていた。眠気で集中力を保てないと感じ、彼は本を箱に戻すと、金庫にしまい込んで鍵をかけた。それからタオルを腕にかけ、廊下に出た。

ホテルがもう少し静かなら良かったのだが。子供の頃から公衆トイレが苦手だった。使用する前に共用トイレの水を流し、どうにも抑えきれないほど断続的に出続ける小便の音が、貯水槽を満たす水音にかき消されるか、少なくとも音の区別ができなくなることを願った。貯水槽が空になるのを待って、彼はチェーンを引っ張った。チェーンの持ち手は、便座の蓋にかけられている毛羽立ったカバーや、薄汚れた窓のカーテンと同じ、藤色の鞘《さや》に収まっていた。ようやく彼は、隣のバスルームの扉に逃げ出すことができた。

どうやら前の利用者が、結露がことさらに見えにくくしている曇りガラスの向こうの明かりを点《つ》けっぱなしにしていたようだ。フェアマンはドアを押し開け、慌てて後退《あとずさ》りしたのでノブを離してしまった。

「すみません」と、彼は息を切らしながら言った。

「私のせいだわ」女性の声だったが、彼女が話し出すまでは、実際にそうなのか確信が持てなかった。

「錠前をかけるのを忘れたの」と、彼女は言った。「今夜のために体型を整えていたのよ」

「続けてくださいい。急がなくていいですから。こちらは風呂を浴びなくてもいいですし」

鏡に映る湯気の下で、彼女の姿はぼんやりとしか見えなかった。浴室には、妙に澱《よど》んだ匂いが漂っていた。たぶん、かなりの長風呂だったのだろう。ドアが閉められた時、フェアマンは後ろに退《さ》がっていたのだが、鏡に映っている輪郭のはっきりしない人影が動いたようには見えなかった。足でドアを閉めたのに違いないのだが、かなり無理があったはずだ。たぶん、ドアにはまだ錠前がかけられていないのだろうと思い、彼は急いで部屋に戻った。それから洗面台で顔を洗い、歯を磨いた。洗面台の上には小さな鏡があって、化粧台の鏡に映っている自分の背中が見えた。もっと体型を整えた方が良さそうだ。

サンドラのように、ジムに通うのも良いかもしれない。

窓の外では、街灯が遊歩道を青白く照らし、シェルターの落書きを黒く浮かび上がらせていた。浜辺を見ると、淡い光に狭い一帯が照らされているだけだったので、引き潮の海にクラゲがいるかどうかはわからなかった。架け金を外して窓を押し上げてみたが、それでも波の動きと、ぼんやりと形の定まらない生物を見分けることはできなかった。窓枠から外に身を乗り出すと、風が海の匂い——少なくとも、ガルショーの浜辺の匂いを運んできた。その時まで、このあたりは海辺らしい匂いがしていないとは思いもしなかった。思い出されるのは、バスルームで嗅いだ澱《よど》んだ臭気だった。寝室の窓を開けて眠った方が健康に良いだろうと考えていたのだが、彼は窓枠を下まで引き下ろした。

澱《よど》んだ臭いが、暗闇に漂っているようだった。その臭いが彼の眠りを妨げ、本のことを考えさせた。石の繭という表現が頭から離れず、気がつけば、彼は宇宙空間を浮遊する巨大な石の楕円形——それは怪物の卵か、さもなくば星間宇宙を彷徨うために天体から離脱した島のような物体なのだ——を脳裏に思い描いているのだった。その物体が見慣れた惑星に向かって急降下するにつれて、彼はそれが内側から固められ、もっと小さな隕石であれば減耗してしまうだろう摩擦に耐えられるよう強化されているように感じた。物質をこれほどまでに制御できる存在とは、いったい何物なのだろう。そのビジョンは、ティープフォール・ウォーターの訪問後に幻視したものと同じように彼を悩ませ、まるで本を読んでいる時のように、自分のものだとは知らなかった記憶に手を伸ばしているような気分にさせた。ありがたいことに、繭のイメージはそれ以上は進行せず、彼はやがて眠りについた。

陽光で目が覚めた時、彼はあることを思いついた。各巻に索引があるというのは過分な期待かもしれないが、確認はしておくべきだった。金庫と箱を開け、本の終わりまでページをめくった。「何てことだ」彼が口走った言葉は、ほとんど無意識のものだった。

索引はなかった。本文の後に、手書きの文字でびっしりと覆われた見返しが続いていたのだ。長々と書かれた文字列には、文学的な素養が欠けているように見えたが、それは老齢か何かの影響によるものかもしれなかった。フェアマンは、それをラントが書いたとは思わなかったものの、比較的最近にボールペンで書かれたものであることは間違いなかった。曰く——ここに書かれていることの全てを信用してはならない。いくつかのビジョンは不完全な形で書き止められ、いくつかについては原資料の段階で破損していた。あるものは、それを伝えるために使われた精神によって台無しにされ、またあるものは編集者によって誤って解釈された。聖書もクルアーンも、修復に値するものではないのだ。

フェアマンがこの本を読み始めた時点では、それが破損本だとは思ってもみなかった。どちらかといえば、それらの書き込みによってこの版本の希少価値はさらに高まったようだが、原資料のテキストがどうだったのかを確認できる人間が、果たしているのだろうか。専門家がそれを解読できたなら、このセットは有用なものとなるだろうし、フェアマンは自分がその守護者であることに満足した。フェアマンはこれまで以上に注意深く本を閉じて、金庫の巣箱に戻した。

廊下に出ると、朝食の匂いが彼を出迎え、階下からざわめきが聞こえてきた。彼はトイレの水を流し、無駄に大きな便座の蓋が腰に当たるのを我慢しながら用を足した。バスルームからは澱《よど》んだ匂いが消えていて、シャワーを浴びても再び漂ってくることはなかった。着替えを済ませると、金庫に鍵がかかっていることを確認してから、彼は朝食の会場に向かった。

グレーのトラックスーツに身を包んだティーンエイジャーの少女二人組が、一緒にいる互いの家族の親たちに「また来年に会いましょうね」と言いながら出ていくところだった。目下、朝食を取っているのは着席している一家だけだった。ずんぐりした体格の息子と娘は、ネジを外すと自身のミニチュアが出てくる木製の人形をフェアマンが思い出してしまったほど、両親にそっくりだった。窓際に座ると、窓の外には白っぽい靄が漂っていて、海を浜辺から遮っていた。母親が椅子の上で上半身をひねり、彼の方を向いて、「初めてかしら?」と声をかけてきた。

「すみませんが、どういう意味でしょうか」

夫が体を捻って彼を見つめた。「あなたに会ったのは初めてだって話だよ」妻と似たようなランカシャー訛《なま》りだった。「彼女が言ってるのはね」

「たまたま今夜、この町に来たんですよ」と、フェアマンは言った。

男は唸るような声をあげたが、それは笑い声を兼ねていたのかもしれない。「ガルショーじゃあ、そういう人間はあまり見ないね」

フェアマンが、これに返事をしたものかどうか考えていると、ベリー夫人が慌ただしく部屋に入ってきた。「おはようございます！」と、彼女は大声で言った。「夢はご覧になりました？」

少年と少女が一緒に口を開き、フェアマンは「夢と呼べるものは特に」と言った。

「じゃあ、何と呼ぶ？」

ずんぐりした体格の男から、ありがたくない質問が投げつけられた。「ただの、夜の物思いですよ」

フェアマンは説明せねばならなかったことに苛立った。

今度はどうやら、母親が話す番だった。「そういうものをもたらせるでしょうね、十分に」

「今のところは、ここまでにしておきましょうか」と、ジャニーン・ベリーが言った。「あなたは朝食をたっぷり食べる口かしら、レナード？」

「そうすれば、誰だって一日のスタートが切れるだろうさ」と、ずんぐりした男が言い放った。

「ありがとう、ベリーさん」フェアマンは言った。「今回は、自分を甘やかしてみますよ」

ベリー夫人が部屋を出ていくと、親二人は彼に背を向けたが、子供たちは「食べなさい」と促されるまで、まるで何かの標本ででもあるかのように、彼をじっと見つめ続けた。二人の子供がてらてらと輝く口を拭うと、一家はフェアマンと別れた。「滞在を満喫してください」と男が助言し、

「見どころがまだたくさんありますよ《ゼアズ・ソー・マッチ・モア・トゥ・シー》」と妻が付け加えた。

それがジョークと呼べるかどうかはともかく、このジョークはここの皆のお気に入りなのだろうか、それともあのスローガンを誰も読んでくれなかったのだろうか。フェアマンがどう返事すべきか考えあぐねている間に、一家はのろのろした足取りで立ち去った。

ベリー夫人が皿に盛った料理を運んでくるまでの間、彼は陽光がいよいよ見通せない靄の中に消えていく浜辺の方へと人々が下りていくのを眺めていた。「ガルショーの朝食よ」と、彼女は言った。

なるほど、確かに地域の特色があるようだった。二つある目玉焼きの黄身は異様に大きくて色が薄く、妙に不揃いだった。ソーセージは二本とも、白いプディングのスライスとほぼ同じ色で、マッシュルームやベーコンのように、ところどころ紫色に染まっていた。ベリー夫人がその場で見ていなかったら、この朝食を味わう気にはならなかったかもしれない。実際、見た目通りの味だったので、彼は満面の作り笑顔で彼女にお礼を言ってから、「ストッダート医師《せんせい》に会いに行かないと」と言った。

「もう？」ベリー夫人はそう言うと、言葉を打ち消すように口元をこすった——あまりに強くこすったので、周囲の皮膚が傷ついたように見えた。「ええと、つまりね……」

「僕のために、贈り物を用意してくれているという話でね」

「もちろん、本よね」

「自分がこれほどわかりやすい人間だとは思いませんでしたよ」

「誰もあなたをバカにしてやしませんよ、フェアマンさん。歓迎されていないなんて思わないでね」

彼女は気分を害したようだった。彼女が背を向けたので、フェアマンは「彼のお宅がわかる案内書きがあるかどうか、お聞きしたかったんです」と言った。

「もちろん居所を教えてあげるわ。お食べなさい」彼女は母親らしく聞こえなくもない口調で言った。

「そうしたら、行き先を教えてあげるから」

フェアマンは口いっぱいに頬張ってみたが、驚いたことにもっと食べたいという気持ちになった。遊歩道をのろのろと歩いている人々が、彼の方をじっと見つめていた。たぶん、空室のサインが出ているかどうか確かめているのだろう。フェアマンがナイフとフォークを置いたちょうどその時、ベリー夫人が戻ってきた。「ほら、お探しのものよ」と、彼女は言った。

それはガルショーの地図で、上部の余白には町の看板にあるスローガンが書かれていた。裏面には、ショー、バイウッド動物園、舞踏場《ボールルーム》の遊歩道、ウッディ・ランブル森林道、リデム遊園地といった、地元の行楽地の広告が並んでいた。

「彼は、贈り物を自宅に置いてきているかもしれませんね」

「そこに住んでるのよ、レナード」と、ベリー夫人は鷹揚な笑みを浮かべた。「彼はいつもあそこにいるの。彼のところに行かなくちゃ。デニスはあなたのために手を尽くしてくれるわ、心配しないで」

「あまりここに長居をせず、会いに行った方が良さそうですね」

「そんなことは気にしないで」と、ベリー夫人は言った。

バイウッド・ロードは、教会から見て遊歩道の反対側の端にあった。フェアマンはライデム馬道を通り過ぎながら、海を縁取る靄が森に町を取り囲ませている様子を眺めた。舞踏場《ボールルーム》のある坂道を上がり、木々に背を向けた大きな家々の前を抜けていった。

医師の屋敷の門柱にはネームプレートが掲げられていて、名前の後には発音の困難な言葉がたくさん並んでいたので、フェアマンは風よけの落書きを思い出した。彼は路上に車を停めると、灰色の石材で造られた張り出し玄関から建物の中に入った。

大理石のように白く輝く重厚な扉の向こうの広いホールでは、扉の開いた部屋の向かい側に位置する、扉の閉ざされた部屋の外に机が置かれていて、受付係がその後ろに座っていた。彼女は、体全体を覆うボリュームたっぷりの花柄のドレスを身に着けていたのだが、頭と手が不釣り合いなほど小さかった。

「フェアマンさん」見た目よりも若い、聞き覚えのある声だ。「もういらっしゃったのですね」

自分が誰なのか知られていることに当惑し、意図したよりも鋭い言葉が口をついた。

「医師《せんせい》が、なるべく早く、好きな時間に来いと言ったもので」

「診療時間の前というつもりだったのでしょうね。今は患者さんがいらっしゃいますので」

フェアマンは、ここに入ってきた時から変わっていない、いかにもプロという感じの無表情をどうにかして乗り越えねばならないように感じた。「では、どうすれば？あまり時間がないんですよ」

「あなたには、私たちよりもたっぷり時間があると思いますよ、フェアマンさん」

フェアマンが彼女の勘違いを――もしも本当に勘違いしていたのであればの話だが――訂正する前に、彼女はこう言った。「もちろん、他の患者さんたちと一緒に待っていてください」

「それが医師《せんせい》の望みかどうか、聞いてみていただけませんか？」

彼女の表情は微動だにしなかったが、ちょうどその時、医師のオフィスから一人の男がふらふらと出てきた。ところどころ紫色になっている顔と、見ていて不安になるほど柔軟な足取りから、男の病気はどうやら飲酒に関係しているのだろうと思われた。男が玄関の扉を開けようとしてもたついている間、フェアマンは受付係に「今、聞いてみてもらえませんか？」と話した。

彼女は表情を崩すことなく、年代物のインターホンのキーを押した。その動作で袖口が引き戻され、青白く膨らんだ腕がぴくぴくと震えるのが見えた。耳障りなブザー音が鳴り響き、ドアの両側からくぐもった声が聞こえてきた。

「残念だが、フェアマン氏には患者たちの後に来ていただかんとな、ドリス君」
「医師《せんせい》が仰るには――」
「僕にも聞こえました、わかりましたよ」と、フェアマンは彼女に伝えると、不満を感じていることが伝わるような態度を取りながら、ホールを横切って待合室に入った。

壁際に並ぶまっすぐな椅子に座っていた患者たち全員が、金属質の機械音が彼の名前を告げでもしたかのように、彼のことをじっと見つめていた。扉の横木の上に取り付けられたブザーが、次の患者を呼び出していた。若い女性で、赤ちゃんが腕の中で激しく身をよじり、ワンピースがすっかり崩れていた。赤ん坊はフェアマンに向けて眠たげなまばたきをしてみせたが、彼のことを認識していたというのは、愚かな勘違いというものだろう。フェアマンが微笑みかけようとしたのと、元気いっぱいのお荷物を母親が部屋から連れ出したのは、ほとんど同時だった。

陰気なカーペットの真ん中には、〈ガルショー・ガネット〉紙が散乱したテーブルがぽつんと置かれていた。フェアマンは一部を手に取って椅子に座ったが、取るに足りない内容で――海岸沿いの風よけに落書きがされたという記事が、〝住民は破壊行為を非難〟との見出しつきで一面を飾っていた――ガルショーでは特に不都合なことが起きていないのだと読者を安心させることが、この新聞の編集方針なのかもしれない。一六ページある紙面を全て読み通したものの、ブザーが鳴り響いて次の病人が呼ばれる頃には、書かれていたことのほとんどを忘れ去っていた。その病人は青白い顔で、一歩踏み出すごとに手のひらを壁にべったりと押し付けていた。

残る患者は九人しかいなかったが、そのうち数人の印象的な患者――両足に黴《かび》を思わせる灰色の腫れ物がある女性、意識すると否とにかかわらず、頭が前方にがくんと落ちるたびに、海綿状に膨らんだ喉と顎が一体化するように見える男性、まるでひと仕事するみたいに、ゆっくりとした呼吸を繰り返している女性――を意識から締め出すことは困難だった。彼らが皆、呼ばれる順番に席についているのだとしたら、三人目の彼女が最後に診察されることになるのだろう。どのくらい長くかかるにせよ――たぶん一時間だって無理だ――フェアマンは、彼女の呼吸音に耐えられるとは思わなかった。

フェアマンは新聞をテーブルに置き、ホールへと向かった。

「すぐそこに動物園があるんでしょう?」と、彼は言った。「よろしければ、そこで時間をつぶしてこようと思うんですがね」

受付係に断る必要のある話ではなく、彼女の微動だにしない表情もそれを告げているように思えた。

「医師《せんせい》の手が空いたら教えていただけますか?」と、彼は言った。「電話番号を教えますから」

「もう存じ上げていますよ、フェアマンさん」

張り出し玄関から出ると、丘のてっぺんに動物園があるのが見えた。動物園のすぐ近くに住みたいとは思わなかったが、近隣の住人たちはリゾート地での生活の一部とみなしているのかもしれない。それとも、無視を決め込んでいるのかも。というのも、まるで死人でも出たか、それとも夜勤の人間が睡眠時間を取り戻そうとしているみたいに、通り過ぎていく全ての窓にカーテンがかかっていたのである。

動物園の看板は苔の塊《かたまり》に覆われていて、そうした塊《かたまり》の一つが、園名をバイウッド《Bywood》からバイワード《Byword》に変えていた。金網の小さな門をくぐると、地衣類でまだら模様になっている木製の切符売場《ブース》に一人の男が座っていた。男は長く尖った顎を、手袋をはめた両手の上に乗せ、頭蓋骨にどうフィットさせるのかわからないほど形のくずれた、へなへなの帽子を被っていた。

フェアマンを見るなり、彼は頭を持ち上げた。目を見開くのに時間がかかったので、頭が長く伸びたように見え、帽子が後ろに垂れて〝これぞガルショー《ガルショー・バイ・ガム》〟のスローガンが見えた。切符売場《ブース》に掲示されている入場料を取り出そうと、フェアマンがポケットに手を入れようとすると、男は激しく手を振ったので、指がよじれたように見えたのだが――もちろん、それは手袋だった。「何でしょうか？」と、フェアマンは言った。

「不要ですよ」まるで改めて口を探し当てたように、灰色の舌を唇に突っ込んで、男はもごもご言った。「町のサービスですんで」

たぶんこれは、観光シーズンが終わりかけていることへの配慮だったのだろう。

さほど時間が経たぬうちに、料金を払っていたらあまり嬉しくなかっただろうとフェアマンは考えた。

展示物には標識がなかったので、苔むして曲がりくねった小道の脇にある檻や、コンクリート製の穴の中に何がいるのかわからなかった。穴の中にはクマや大型のネコ科の動物がいるのだろうか。いずれの姿も見えず、小道沿いの木々がぼんやりした日差しを遮っていることもあって、穴や檻の中には暗闇しか見えなかった。猿や類人猿のための檻なのだとしたら、囲いに屋根がないのも妙だった。フェアマンは、檻の中の動物たちが木から森に飛び移り、逃げ出す姿を思い浮かべた。

窓のない水族館や爬虫類館でさえ、あまり見どころがなかった。薄暗さに目がなれると、ガラスケースのほとんどが、現在は使われていないのだと結論せざるを得なかった。中にある岩の背後に住人が潜んでいるというのなら話は別だが。いくつかのガラスケースには、灰色がかった大きな指紋か、それとは異なる跡がついていた――後者には渦紋がなく、ガラスの反対側についているように見えた。

骨のないぐんにゃりした手が、水中に沈んだ岩の背後から青白い指を伸ばしてきた時には、思わず後ずさりしたものだったが、もちろんそれはイカかタコのはずだ――たとえ、彼が後ずさるのを真似て後ろに引っ込んだその触手に、吸盤が見えなかったとしても。

彼は、その建物の石のような冷たさに身震いして、外に向かった。

建物に入る前よりも、開放感がなくなっていた。靄が近づいてきて、灰色の太陽を覆い隠していた。道理で、動物たちが逃げ込める場所に避難していたわけだ。動物たちの姿を探すのを諦め、診療所に戻ろうと考え始めた時、ある檻の中で何かが動いているのがちらりと見えた。一匹の猿が木の陰に隠れていて、水族館の水槽で彼に身振りをしてみせた物体を不気味に思い起こさせる大きな灰色の手で、木の幹を摑んでいたのである。彼がじっと見ていると、指は幹の周囲を這うようにして隠れていった。フェアマンは、再びそれが現れるのではないかと眺めていたのだが、じめじめと澱《よど》んだ空気で体が冷えてきたので、出口に向かって歩き出した。

数歩進んだところで、背後から囁き声が聞こえたように思った。

その声は、こう言っていた。「見どころがまだたくさんあるよ《ゼアズ・ソー・マッチ・モア・トゥ・シー》」

小道には、彼の他に誰もいなかった。檻の中で輝く木の幹についているのは、指先だろうか。それとも菌類だろうか。そんな考えを頭から振り払い、切符売場《ブース》に向かって足を早めた時、前方のどこかから声が聞こえてきた。

「フェアマンさん」

「はい？」

「レナード・フェアマンさん」

「ここにいます」フェアマンは大きな声で返答し、速度をあげて切符売場《ブース》に急いだ。

不格好な帽子を被った男が、体を痛めてしまいそうな角度で、カウンター越しに上半身を伸ばして切符売場《ブース》の脇に回り込ませていた。

「いらっしゃいましたね」と、男は言った。「医師《せんせい》がお待ちかねですよ」

フェアマンには、自分の携帯電話に連絡するよりも動物園に電話した方が安上がりだと、あの受付係が考えたとしか思えなかった。「ありがとう」と、彼は言った。男の上半身がしなやかな動きで切符売場《ブース》の中に収まった。

「残念ですが、動物はあまり見られませんでしたよ」

「シャイな連中もいますからね。そんな姿で見られたくないのかもしれませんや」

彼が眉をひそめると、男はこう言った。「年を取ってるか、調子が悪いかってね」

フェアマンには、その言葉を訝《いぶか》しく思っている時間はなかった。休眠中の家々を急ぎ足で通り過ぎ、医師の屋敷に入った。受付係に電話連絡のお礼を告げたが、彼女の表情は変わらなかった。彼女は、小柄な頭をインターホンの方に曲げた。「医師《せんせい》――」

「大丈夫だ、ドリス君。客人を寄越してくれ」

真鍮のドアノブのじっとりした感触が、フェアマンに動物園の雰囲気を思い出させた。ドアの向こうには椅子と、仕切りが横に置かれた粗末なベッドが、大きな白い部屋の奥にある机と向かい合って並んでいた。机の背後でコンピュータのモニターを眺めていた男性は、立ち上がるとフェアマンに片手を差し伸べた。禿げ上がった頭部がたるんだ顎のせいで卵のように見え、肩幅は広すぎるくらいで、フェアマンは、男の両肩が体の外側に垂れ下がっているようなグロテスクな感覚を抱いた。たぶん、外国か日焼けスタジオで肌を焼いたのだろう。

「直接会えて嬉しいよ、レナード」と、彼は言った。「我が町の動物園はどうだったかね？」

がっちりと固く握手してきた彼の手は、フェアマンが思っていたよりも湿っぽくてひんやりしていた。

「あまり見られませんでしたよ」と答えたものの、フェアマンは理不尽な言い分だと思った。結局のところ、医師は動物園と関係がないのだから。「そう言わんでくれ」と、彼は言った。「もっと見るべきものがあるのだからね」

医師はほとんど無毛の眉をくいっと上げ、突き出し気味の青白い目から重たげなまぶたを引っ込めた。

「海よりもずっとな」

「そうなんだとは思います」

「まあ、その話は今はいい」ストッダート医師は大きな鼻に皺を寄せ、分厚い唇を尖らせた。

「何を処方しようかな？」

これは、ある種のジョークに違いない。「本です」フェアマンは言った。「そのために来ました」

「誰も忘れてはいないよ、レナード。彼らがどれほど感謝しているのか、きみにはわかるまい」

気恥ずかしさから、フェアマンは話題を変えた。「彼ら、というのは？」

「彼らは、きみのような人間を待っていたのだ」

フェアマンが聞きたかったのは、本の出所だったのだが、まあ大した問題ではない。

「では、預からせていただきましょう」

「好きにするといい」医師はそう言って、左側の引き出しに手を伸ばした。洞窟から聞こえてくるような軋み音を立て、机を震わせながら引き出しが引っ張り出されると、彼はフェアマンが持っていたものと双子のようにそっくりな本を取り出した。黒い表紙には、オカルト的な歪んだポーズをとった手を描いた絵が浮き彫りにされていた。二本目と四本目の指は内側に曲げられ、他の指が骨を抜かれたようにぐにゃりと後ろに反《そ》り返り、親指は手のひらから突き出されていた。フェアマンが本を開くと、それは〝呪《まじな》いについて〟と題される第一巻だった。

「人間の舌《ことば》は、世界を言葉に還元し……」

そのまま読み耽《ふけ》りたくなってしまう前に本を閉じ、開いた引き出しに手を置いている医師を見上げた。

「せっかちなようで申し訳ありませんが」フェアマンは言った。「他の巻もお持ちなのでは？」

医師は引き出しを閉じると、妙に遠い目をした。「これが私の貢献だよ、レナード君」

フェアマンは、がっかりしないように努力した。何にせよ、二冊の稀覯本《きこうぼん》を手に入れたのだ。

「つまり、二巻分だけということですか」

「この一冊だけだよ。私が持っていたのはな」

フェアマンは、相手の誤解を解こうとはしなかった。彼は両手で本を抱え、立ち上がった。

「あなたの家に伝わっていたのですか？」

ドアを開けようとしながら、ストッダート医師は「父がくれたのだ」と言った。

彼はフェアマンに背を向けていた。フェアマンは、医師は慣用句を借用したのだろうと想像した。

たぶん、フェアマンの訛りが彼の出身を示したように、医師も地元民だということなのだろう。

「この町のことが、そろそろおわかりいただけたのではないかな？」と、ストッダート医師は言った。

「失礼な言い方かもしれませんが、その必要がありますか？」

「ドン・ロザーミアに会いたくなるだろうからね」

フェアマンは、ドアを開けた彼が、自分の方に向き直るまで待った。「何のために？」

「私に会いにきたのと同じ理由だよ」

「この本の別の巻があると?」フェアマンは気後れがして、少し不安げに言った。「一冊だけ?」

「そういうことだよ、レナード君」

「でも、いったいどういうわけなんです? どうして僕がこんなことをしなけりゃならないんだ」

その怒りはプロにあるまじきものだったので、ストッダート医師と受付嬢が遠巻きに彼を見つめる中、彼は自分の言葉を後悔した。「レナード、あなたのためではないのよ」と、受付係が言った。

フェアマンは、彼女が馴れ馴れしい態度を叱責されるのではないかと考えた。彼女はたぶん、自分の雇い主をかばったつもりなのだろう。

「それで、そのロザーミアさんというのは誰なんです?」と、彼は言った。「どこで会えますか?」

「ステーション・ロードのスート・ユア・ブック《お好み書店》にいる」と、医師は言った。「誰かに聞けば――」

「地図があります。本屋さんですよね」

「この町に一軒きりの本屋だよ」ストッダート医師が言い、案内係が付け加えた。「あなたのような方ですよ、レナード」

そうあって欲しいものだと、フェアマンは思った。ありきたりの書店主であれば、今までにこの本をすっかり揃えて、高額で売却していたことだろうから。


第一巻を車のトランクに無事に収めると、彼は地図を見ながら坂道を上っていった。動物園の下で、まるで何かの図面をたどっているような気分にさせられるツリー・ビューという名前の通りに沿って右折した。傾斜のある交差点を越えると、ずんぐりした灰色の建物を押し潰したように見える、そっくり同じ外観をした小さな二軒のテラスハウスが並ぶ、ステーション・でもしたような格好の、小さな二軒のテラスハウスが並ぶ、ステーション・ロードと合流した。

鋳鉄製の日よけに色つきのガラスが嵌め込まれている店が軒を連ね、道の途中には、どこにでもある石造りの鉄道駅があった。家族連れが、重々しい車輪の音を立てる荷物を引きずりながら駅の前庭を横切り、列車に間に合おうと必死になっていた。

スート・ユア・ブック《お好み書店》は駅のほぼ反対側、棒と棒の間にネットが張られ、プラスチックのバケツが吊るされている出入り口の隣にあった。フェアマンは脇道に車を停めると、空き店舗の看板がかかっている遊歩道に続く坂道を下りていった。

ショーウィンドウに陳列されている品揃えは、期待を裏切るものだった。全ての本――様々なサイズのハードカバーや、散乱するペーパーバック――が明らかに何年も陽光に晒されて、海上の靄のように青白く変色していた。フェアマンが店に入ると、頭上でベルが鳴って、一人の男性が足早にやってきた。

「レナード・フェアマンかい？」質問のつもりなのかはともかく、彼はそう言った。「ドン・ロザーミアだよ。ご同輩ってやつさ」

おそらく、医師が前もって電話連絡を入れていたのだろう。その書店主は、まるで彼が着ている灰色のスーツにしがみつかれているかのような、緩慢な動作をする細身の男だった。喉のたるみに引き伸ばされているような顔立ちで、頭頂部には、赤みがかった髪色を維持するために皮膚から色素を吸い取ったような、ふさふさした毛が生えていた。ばかでっかい眼鏡が、よく瞬きをする彼の目を大きく見せ、青白い唇が笑みを浮かべようとピクピクと引きつっていた。

「そうあって欲しいね」と、フェアマンは言った。

ロザーミアは長い手を突き出して、フェアマンの手をじっとりと湿った手で握り、頭を振って棚の中身を示した。「ガルショーの人たちは、あまり本を読まないんだよ」

「それなら、あなた向きの場所ではないんですね」

「読みたい本に事欠くことはないよ」どうやら、フェアマンが本気で言ったわけではないと受け取ったらしく、書店主は言葉を続けた。「それに、郵便局まで歩くのも大した距離はないしね」

在庫の状況からして、ロザーミアがどの程度の郵送業務をこなせるものか、フェアマンは訝《いぶか》った。

「この町に来てから、たくさん本を読んだのかい？」と、書店主は言った。

「新しく手に入った本だけだよ」

「そうだろうとも」ロザーミアは、両の眼《まなこ》をレンズいっぱいに見開いた。「何か影響はあったかな？」

「何とも言えないです」

「否定するのはよくないよ、レナード」

フェアマンは、ビリーバーの類《たぐい》と相対していることに不安を覚えた。レンズの奥の目がこれ以上見開かれることはなかろうと思ったが、ガラスにくっつくのも時間の問題だという不愉快な空想が浮かんだ。

「お持ちの本は読んだのですか？」と、彼は質問せずにはいられなかった。

「読まないはずもないさ。全てが変わるんだから」

フェアマンは、この点について詮索しないことにした。「では、頂戴いたします」

「もちろん、きみのものだ」書店主はそう言うと、店の奥に向かった。

彼のオフィスは古書の棚の間にあった。大部分の本にカバー《ジャケット》がなく、サンドラの不興を買うまで、彼はそうした本を〝シャツの袖を通した状態〟だと表現していた。オフィスには明かりが点いていなかったが、本の山に囲まれた大きな重い机がうっすらと見えた。ロザーミアは明かりを点けないまま、机から一冊の本を取り出した。「きみのものだ」と、彼は繰り返した。

フェアマンは棚と棚に挟まれた通路に留まり、男が暗がりから出てくるのを待った。両手で本を抱えたロザーミアは、まるで儀式を執り行っている祭司のように見えた。彼が暗がりから出てきた時、フェアマンはその本に闇の一部がまとわりついているような錯覚を禁じ得なかった。飾り模様《コロフォン》は、黒い光線を放つ角燈《ランタン》を携えた手を示していた。「どの巻です？」と、フェアマンは言った。

「〝夜の目的について〟」恭《うやうや》しい口調で、ロザーミアは告げた。

フェアマンとしては、この本のやり取りを長引かせたくなかったのだが、「この本を対価に、何かを得たいとは思わなかったんですか？」という質問を付け加えずにはいられなかった。

「欲しいものはぜんぶ手に入れたよ、レナード」

「僕が言いたいのは」フェアマンは語気を強めた。「いくらで売れるか知りたいとは思わなかったのか、ということです」

「そうだとも」フェアマンがさらに突っ込んだ返答を思いつく前に、書店主が言葉を継いだ。「オークションにかけようとしなかったのかと聞きたいのなら、そんなことは思いつきもしなかったね」

「理由を教えてくれませんか？」

「本の教えの通りさ」

ロザーミアがあたかも本を取り戻そうとするように両手を伸ばしてきたので、フェアマンは言った。

「大丈夫です、後で確認してみますよ」

「何か書かれているのか教えてあげよう」書店主の視線は、どこか他のところではなく、むしろ自身の内面に向けられているようだった。「理解を望めぬ人間には、読ませてはならない」説教を唱える司祭のような口調だった。「大いなる秘密は、未熟な者の未完成な心によってぼやけてしまわぬよう、大切にしまい込んでおくといい」

「それは、パーシー・スモールビームの言葉ですよね？」

「一人の孤独な心が、本を通して語りかける」書店主が引用を続けているのか、それとも自分の言葉で話しているのかはわからなかった。「本が役割を終えた時、世界はその本を知るだろう」

「役割とは？」と、フェアマンは尋ねた。

「そのうちわかるようになるよ、レナード。一つだけ約束してくれるかい？

「内容によります」

「決してネットにアップしないてくれ。どう書かれているのかは話した通りだ」

「スキャンするつもりはありませんよ」と、フェアマンは告げはしたものの、「次に誰に会えばいいのか教えてくれませんか？」と質問するのを忘れかけるほど、ここから立ち去りたくなっていた。

「ハイディ・ダンスコム。この町の代表さ」

「代表というのは、どういう？」

「我々のことをもっとよく知っていると思っていたのだけどね。ここの観光案内係だよ」

「どこに行けば会えます？　いえ、やっぱり結構です」

こう答えたことを、彼がその人物の居場所を既に知っているのだとロザーミアが受け取ったようだったので、フェアマンは「戻らないといけませんので」という言葉を続けざるを得なかった。

ロザーミアの真剣さが、眼鏡を曇らせたようだった。「きみは私たちから離れないよ、レナード」

「ホテルに戻ります。そちらで案内してくれるでしょうよ。これを無事に保管してくれてありがとう」

ドアにたどり着いたところで、フェアマンは思わずこう付け加えた。

「見どころがまだたくさんある《ゼアズ・ソー・マッチ・モア・トゥ・シー》とは言いませんでしたね」

「必要ない」もはやレンズは単にぼやけているというよりも、汚れているように見えた。

「そうなりつつあるところだからね」と、書店主は言った。

フェアマンはその言葉を無視した。再びベルを鳴らして書店を出る時、彼はちらりと振り返った。

書店主がオフィスに引っ込み、眼鏡の位置を合わせようとしていた。レンズを拭いたのに違いない。

フェアマンは、眼鏡越しでない彼の裸眼を辛うじて目にしたのだが、きらきら輝く目玉が顔の大部分を占めているように見えたので、そのレンズはただのガラスなのかもしれなかった。巣穴の奥から何かの生き物が自分を見ているような、不愉快な印象を受けた。その時、ロザーミアが暗がりから現れて、眼鏡越しに明かりを見て瞬《まばた》きした。急いで車に向かったのはそのためではなかった。

ワイリーヴのロビーに続く通路をのしのしと歩いていると、ベリー夫人が「フェアマンさん、無理をしないで。急がなくていいのよ」と声をかけてきた。

彼女はカウンターで待っていた。「もう一日、お泊まりになるといいわ」と、彼女は言った。「そんなに早くお帰りになるわけにはいかないと、わかっていましたからね」

「これ以上長居するつもりはないんですがね」

「見るべきものがあるわ、そうでしょう？」ベリー夫人はそう言うと、彼が抱えている段ボール箱に向かってゆっくりと頷いてみせた。「コレクションを増やさないとね」

馴れ馴れしさとは少し違うもので、恩着せがましいとも感じたが、彼は「観光案内所の場所を教えてもらえますか？」とだけ言った。

「広場の上よ」とベリー夫人は言い、カウンターの上に地図を広げた。指さしている爪が湖面のように光っているのは、マニキュアを塗ったばかりなのだろう。「ハイディが応対してくれるわ」と、彼女は言った。「あなたが欲しがっているものを、用意してくれるのよ」

フェアマンは、それが一冊きりの巻でないことを願った。急ぎ足で二階に上がると、客室係のメイドが部屋から出ていくのが見えた。彼が部屋に入るのと、彼女が隣の部屋に台車を運び入れるのはほぼ同時だったが、どうやら彼女は仕事を手早く終わらせようとするあまり、洋服ダンスの扉を少し開けっ放しにしていたようだった――金庫の収められている洋服ダンスを、である。その光景を目にした彼は、理性的な反応ではないと感じながらも、不注意だと思うのではなく、信頼に値しないと感じていた。

段ボール箱をベッドに置いて、タンスの扉を大きく開いた。金庫は施錠されていたが、暗証番号を入力する時、キーパッド横の黒い金属に何かの跡がついているのが見えた――湿った両手のつけた跡だ。

あの客室係が残したものとしか思えなかったが、その手の跡は彼の目にした彼女の手よりも大きく、まるでドアに強く押し付けられたせいで、二倍近くに広がってしまったかのようだった。たぶん、湿っていたせいで手形が大きくなったのだろうが、じっと見ているうちに手形は薄れ、消えていった。

少女を直接問い詰めようか、それともベリー夫人に報告しようかと考えたものの、いったい何を言えば良いのだろうか。重要なのは、金庫の中に本が入っているかどうかではないか。

その通りだったので、彼は箱を開けて確かめた。三つの箱が置かれた金庫の中は暗く、九箱分のスペースがあるのではないかと思えたほどだった。

金庫はもう必要ないだろう――明日には家に帰るつもりなのだから。金庫を閉めると、本が巣に落ち着いたような、密やかな音が聞こえたような気がした。暗証番号を入力して部屋から出ようとしたが、電話をかけなければならないことを思い出した。どんなに重要な捜し物をしていようと、そのことだけで頭をいっぱいにしてはいけない。

長距離電話に反応があるまでしばらく時間がかかったが、司書長はいかなる問い合わせにもそんな風に応対するのだ。「ネイサン・ブリッグハウスです」と、彼はようやく電話に出た。

「ネイサン、こちらはレナード・フェアマンだ。報告を入れるべきだと思ってね」

「連絡をくれて良かったよ、レナード。順調かね？」

「まあ、ある程度はね」

「悲観的な言い方だな。何か問題でも？」

「何冊かは手に入ったんだが、このセットがちょいとばかりバラバラになっているようでね」

「そうか、サンドラ・バイヤーズからも聞いているよ。まったくもって、厄介な話だな。ということは、まだ全部を揃える算段がついていないんだな」

「明日には何とかなると思うよ」

「そうであるなら、嬉しいね。文書庫《アーカイブ》は、きみなしでもう一日くらいなら回せると思うが、それ以上長引くようなら、年次休暇の扱いにせねばならないかもしれん。厳しいご時世だ、私がどれほど厳格にならざるを得ないかについては、きみも知っているだろう」

「できる限りのことはしているつもりですよ」当然の権利を要求するような恨みがましさはなく、フェアマンはそう告げると、ベリー夫人が待つ受付に鍵を預けようと階下へ急いだ。

「その調子で頑張ってね」と、彼女は彼の背中に声をかけた。


遊歩道に車を走らせながら、フェアマンは海にかかっていた靄が消えて、水平線が町に近づいたような印象を受けた。劇場のすぐ近くに来る前に、彼は坂道を上がって市庁舎に向かった。両脇にある高官の立像と同じくらいでっぷりしている、巨大な灰色の建物だ。どうやら、この町には記念碑の維持にかける予算があまりないらしく、石像の顔を地衣類の仮面が太らせていた。別館の前庭に車を停めると、観光案内所の自動ドアが、ガラス特有の軋み音をかすかに立てて、彼を出迎えた。

壁には年季の入った古臭いポスターが何枚も飾られていて、そのどれもが海辺の風景をありのままに伝えていた。その中でフェアマンの目を引いたのは、〝ガルショーに浸っててください〟〝ガルショーの空気を吸い込んでください〟という二種類のスローガンだったが、〝見どころがまだたくさんあります《ゼアズ・ソー・マッチ・モア・トゥ・シー》〟

のスローガンも目に入って、皮肉な笑いを誘った。

結局のところ、町民たちは間違っていなかったのだから、もっと彼らに注意を払うべきだった。

案内所の奥にあるカウンターに向かおうとした時、一人の女性が「すぐに行きますので、少しだけお待ちくださいね、フェアマンさん」と声をかけてきた。

彼女はカウンターの端にあるドアの向こうで化粧をしたり、頬を小さく見せようと必死で化粧をやり直したりしていた。彼女の頬はむやみに大きかったのだが、大部分がゆったりしたブラウスとオーバーオールに収まっている他の部位も似たようなものだった。彼女は、ひどく癖のある赤褐色の巻き毛がほぼ全体を縁取っている丸い顔に、陽気だが眠たげな表情を浮かべたまま、カウンターに向かってよたよたと歩いてくると、片方の手を突き出した。

「ハイディ・ダンスコムよ」と、彼女は言った。「ご存知なかったみたいですけどね」

彼女の手の感触は、化粧のせいか滑りやすくなっていた。「これまでのところ、私たちの町でどう過ごされたのかしら、レナード？」

「あなたの差し金というわけですか」

彼女がすぐに馴れ馴れしい態度になったので、彼の返事は無意識に刺々《とげとげ》しいものとなったが、彼女は「どういうことかしら？」とだけ言った。

「町を最大限に活用したってことですよ」

「あなたの考えを聞かせて頂戴」

あまりにも非友好的だと思われたのだろうか。夢の中を彷徨っているような、温和な表情を浮かべたままの彼女に、フェアマンは「すみません、少しばかり変な一日だったもので」と言った。

「夜はこれからも来るわ」

彼女の口からではなく、書店主の口から聞きたかったかもしれない言葉だった。

「あなたがお持ちの本をいただけますか？」

「もちろん」

フェアマンは一瞬、以前にも同じやり取りをしたように感じた。彼が会った他の誰かが、同じ言い回しを使っていたのだ。彼女はオフィスの机の後ろにある壁掛け金庫によたよたと歩いていき、それから気《け》だるげに振り向くと、「何が変だと思ったのかしら？」と尋ねた。

フェアマンは一瞬、部屋の向こう側からだけなく、想像を絶する遠く離れた場所から視《み》られているような感覚を覚えた。「私が会った人のことです」と、彼は言った。

「そのうちに、私たちにも慣れるわよ、レナード」とハイディ・ダンスコムは言うと、ぎこちない動作でこちらに背を向けて、金庫のダイヤルを回した。「彼のどこが変だった？」

「自分が持っている本の内容を、信じ込んでいるようでした。あなたがそうだとは思いませんが」

金庫が重々しく開き、ハイディ・ダンスコムが取り出したのは、ぽっかりと口を開けた暗闇の塊《かたまり》そのものに見えた。彼女はそれを胸に抱きしめると、金属製の扉を閉めて、ダイヤルを回した。カウンターに向かいながら、彼女はこう言った。「私たちを私たらしめているのは信念よ、レナード」

彼女の表情は穏やかなままだったのだが、彼はこの言葉を叱責と受け取った。本を手渡す時、彼女の胸は大きく息を吸い込んでいるかのように膨らんだ。本の表紙には見慣れない星座が印刷されていて、おそらく〝星界の秘密について〟というタイトルを何かしらの形で表しているのだろう。

「ありがとうございます」とフェアマンは言ったが、次の言葉を口にするべきかどうか躊躇《ためら》った。

「どうやって手に入れたのか、お聞きしてもいいですか？」

「みんなと同じ。父からよ」

その口調と、彼女の遠くを見つめる視線が、フェアマンを不安にさせた。

「誰に会えばいいのか教えてください」と、彼は言った。

「もちろん」彼女の沈黙には、彼が既に答えを知っているはずだという含みがあったのかもしれない。

「ローダ・ビッカースタッフ」と、彼女は言った。「この町の年寄りの世話をしているの」

「全員ってことはありませんよね」

「特にひどい人たちだけよ、レナード」彼女の表情は、彼の困惑気味のコメントを冗談として受け止めたことを物語っていた。「私たちの考えでは、この町は健康的な場所だから」と、彼女は言った。

彼女は重々しく頷いてみせたが、それはただ強調するためだけの動作ではなかった。彼女に促された方を見てみると、遊歩道でジョギングしている二人組が見えた。坂をのろのろと歩いている人たちではなく、彼らのことを言いたいのだろうとフェアマンは思ったが、ジョンギングをしている人たちも特に元気そうには見えなかった。

「ローダは、リーフィー・シェイドにいるわ」と、ハイディ・ダンスコムは言った。

「電話番号をご存知ですか？　私が行くことを知らせないと」

「あなたがそうしたいなら」とハイディ・ダンスコムは言って、番号を教えてくれた。

電話番号を打ち込んでいると、カウンターの上で眠りを貪っている本越しに、彼女がこちらをじっと見ているのを感じた。彼女の視線は、耳元でなり始めたベルの音と同じくらい遠いものに感じられた。

留守番電話にメッセージを残そうとした時、「リーフィー・シェイドです」という女性の声が聞こえてきた。その声音からは、少なからず困惑していることが感じられた。

「ローダ・ビッカースタッフさんとお話をしたいのですが」と、フェアマンは言った。

「どちらさまです？」

「ご存知ない？」フェアマンは、誰もが彼のことを事前に知っていると思いかけていたので、聞き返すような口調になってしまった。「ブリチェスター大学の文書庫《アーカイブ》の者です」と、彼は言った。「ビッカースタッフさんですか？」

「どのようなご用件でしょうか、フェアマンさん」

ということは、彼女は彼が誰なのかは知っていたわけだが、それなら質問の必要があるのだろうか。

「私宛の本をお持ちだと思いますが」と、フェアマンは言った。

「そのことについては、今はお話しできません」

彼女はいよいよ興奮し、激しい呼吸で言葉が途切れがちになった。

「結構です」と、フェアマン。「回収できる日を教えてください。できるだけ早めにお伺いします」

「今はダメだって言ったでしょ」

彼女の反応は予想外だったが、言い争うのは時間の無駄だ。

「お取り込み中のところを邪魔立てしてしまい申し訳ありませんが、いつならご都合が良いですか？」

「わかりません。今日は無理よ」

「本当に、それほどお手間は取らせませんよ」返事がなかったので、フェアマンはこう言った。「誰かに預けていただいて、それを私が取りに行くのなら、迷惑をかけずに済むのでは？」

「誰か？」喘ぎ声のような声音だったが、彼女は息を整えて付け加えた。「無理よ。待っていて頂戴」

彼女を悩ませている問題が何であれ、彼女の同僚も巻き込まれているのかもしれない。

「では、お待ちしている間に、他に誰に会えばいいかを教えていただけますか？」

「無理だわ。待っていて。あなたの手元にあるものだけで、頭をいっぱいにできるはずよ」

「それはどういう――」フェアマンは言ったが、聞こえてきたのは雑音ばかりだった。

ハイディ・ダンスコムは、彼から目を逸らそうともしなかった。「彼女はまだ準備できてないの？」

「どうやら、まだのようです」苛立ちを抑えきれぬまま、フェアマンはそう言った。「都合の良い時間を教えてくれない上、誰に会えば良いかも言ってくれない。あなたは誰かご存知です？」

「次は彼女よ、レナード」

「そうなんでしょうけれど、その間に他の巻を手に入れられるかもしれないじゃないですか。誰がお持ちなのか知らないのですか？」

「教えられないわ」

フェアマンは彼女の言葉だけでなく、遠くを見る眼差しにそぐわぬ陽気な表情にも怒りを覚えた。

「できないんですか？　それとも、そうしたくないんですか？」という言葉が彼の口から迸《ほとばし》った。

「あなたもじきに、私たちのことがもっとよくわかるようになるわ、レナード」

適切な返答をすることができないほど、彼は怒り心頭だった。彼が「願い下げだ」と呟いた頃には、ガラスの扉はキーキーと軋む音を立てて閉まっていた。彼が車へと歩いている間、人々が彼をじっと見つめていたのはたぶん、押し黙っていてもわかる彼の激発が原因だったのだろう。

遊歩道沿いに車を走らせながら、ハイディ・ダンスコムが彼に知らせようとした健康とやらの兆候を探してみたものの、それらしいものはさほど目につかなかった。車椅子の男性が、もっと早く回転するよう促すかのように、車輪の横にだらりと垂らした片手を振っていた。犬を散歩させている人間が数人いたが、犬たちの顔は今にも歩道をこすりそうで、少なくとも一人の飼い主が連れている犬の顔は完全に垂れ下がっていた。ジョギングしている者たちもいたが、歩行者や車椅子の人間を追い越せそうになかった。ホテルのすぐ近くまで来ると、人々の活力はさらに衰えたように見えた。

受付カウンターに向かう途中、ルームキーについている棒の音が聞こえてきた。

「金庫にもう一冊が収まるのかしら?」

ジャニーン・ベリーが、指先で生気のない額を押さえながら声をかけてきた。

「想像はご自由に」

フェアマンはそう言ったが、彼女以外の誰か——たとえばフランク・ラントや書店主も、同じことを期待しているのかもしれないと考えた。部屋に到着するまでの間、ルームキーが段ボール箱にぶつかってガチャガチャと音を立て、まるでその中の秘密を解き明かそうと躍起になっているようだった。

洋服ダンスとその中にある金庫は固く閉ざされていて、金属製の扉には何の跡もついていなかった。

金庫のは、もう一箱を収められるだけのスペースしかなかったが、それは大した問題ではない。明日には、完全に揃った状態の本を携えて文書庫《アーカイブ》に戻ると決心していたのだから。

四冊の本を段ボール箱から取り出して、化粧台の上に並べると、部屋の暗さがやけに増したように思えたが——これはもちろん、鏡のせいで本が二倍に増えているからだ。たぶんこれは、人々が空想と呼ぶもので、本を調べるべきなのだろうが、その前に電話をかけねばならなかった。

サンドラが電話に出たのは、携帯電話の電源を切ってるのではないかと、彼が疑い始めた頃だった。

「まだ取り掛かったばかりってところ？」と、彼女は言った。

「ネイサンから聞いていないのかい？　僕の話をしたと聞いたけど」

「図書館のお仕事絡みよ、レナード。あなたの嫌がるような話じゃないわ」

「もちろんさ。ぜひ、彼にも知らせておいてくれ。まあ、今日は戻らないって知らせたけどね」

「つまり、あの人には伝えたけれど、私には伝えなかったということ？」

「今連絡しているじゃないか、サンドラ」

フェアマンは、理不尽な思いをさせられるつもりはなかった。

「でも、彼から聞いたかもしれないと思ったんでね」と、彼は言った。

彼女の沈黙が、ある種の叱責なのは間違いなかった。

「それで、あなたをそこに留まらせているのは何？」

「本以外に何がある？」彼は窓の方を向いていたのだが、背後で黒々と密集する本の存在が感じられ、早く読みたいという焦燥感が募ってきた。

「まだ何冊か手に入っていないんだ」と、彼は言った。「明日には何とかするつもりだよ」

「理解できない。あと何冊残っているの？」

「半分くらいかな。まあ、半分よりちょっと多いくらいだ」

フェアマンは、ますます苛立ちを募らせながら言った。

「何人かに分けて持っているんだって話しただろう？　次に会わなきゃならない人間が、今日は都合が悪くてね」

「まったく理解できないわ。待っている間に、他の人のところに行けないの？」

「どうやら、そういうものではないらしくてね。僕に理由を聞かないでくれよ」

こう話したところで、自分の努力が不足しているのではないかと感じたので、彼は思わずこう言った。

「ネイサンと話をするなら、僕がこの町でゆっくり過ごすなら休暇扱いにしろって、あいつが言ってるんだってことを覚えておいてくれよ」

「でも、今年はもう残りわずかじゃない、レナード。私たちが一緒に過ごせるのは、休暇だけなのに」

「そんなことは、言われなくてもわかってるよ」

フェアマンは話題を変えるために、こう言った。

「あいつの考えを変えるために、きみの知恵を借りるかもしれない」

「私たちって、そういう関係なのかしらね」

「それなら、お互いのためにも、そういう関係を築けるよう努力した方が良さそうだ」

彼女がまた黙ったので、フェアマンは「明日、ここでの仕事が終わったらすぐ電話するよ」と言った。

「それまでは、望み通りの休暇をお楽しみってことでしょうね」

「いや」フェアマンは、なぜ自分が責められるのかわからなかった。「僕は仕事をしているだけだ」

通話を終えると、彼は窓の外を眺めた。何人かの老人たちが、遊歩道の風よけの落書きに背を向けて、読めない文字の塊《かたまり》を隠していた。浜辺では、何十人もの人々が座ったり寝そべったりしていて、灰色の靄に包まれているにもかかわらず、海には泳いでいる人の姿もあった。

霞のせいで、遠くのものを見分けるのは難しかったが、波間に浮かぶものの中でも、とりわけ不安定な形をしているのはクラゲに違いなかった。

いずれにせよ、そろそろ本に目を向けるべきだった。

第一巻から読み始めるのが理にかなっているのだろうが、彼は飾り模様《コロフォン》に目を凝らしていた。その非人間的に歪んだ手が、彼の心に何かの考えを呼び起こすのではないかと想像してしまうのも、無理からぬことだった。その巻のタイトルが〝呪《まじな》いについて〟であるからには、それこそがブックデザイナーの狙いだったのだろう。

「人間の舌《ことば》は、世界を言葉に還元し……」

つまり、身振り手振りは別の何かを成し遂げるという意味だろうか。だとしたら、言葉だけで構成されているこの本に、いったい何の意味があるのか。まあ、この本に書かれていることに、あまり多くの意味を求めてはいけない。おっと、このページのさらに下の方に、ある種の啓蒙があった。

「秘密の言葉を口にするのは、まずオカルト的な方法で、自分の精神《こころ》と魂を準備した者でなければならない。さもなくば、言葉が彼を捕らえ、彼らの好みに併せて形作るだろうから……」
「そんなわけあるか」とフェアマンは言い、サンドラに独り言を聞かれなくて良かったと考えた。
彼は、まるで何かの責任を押し付けるかのように、鏡に映った自分の姿を見つめ、そちらの方も、手にしている逆さまの本越しに彼を見つめた。彼は、その鏡像が頭を下げて、「大衆が固執する信念は黙示の敵である」というフレーズを読むのをちらりと目にして、それが文章だけでなく、全ての文字を逆さまに読んでいるのを想像した。

「預言者どもの戯《たわ》けたお喋りは、数世紀にわたって語り継がれてきたが、世界が形作る真理を網羅するには至っていない。ましてや宗教の安普請は、我々の知る宇宙より古い諸力に挑めようはずもない。ジョン・ディー[*19]は、アル＝ハズレッド[*20]をキリスト教的に薄めた模倣品の中で、召喚された力を混乱させるべく、魔宴《サバト》の上空に現れた輝く十字架について語っている。むしろ魔宴《サバト》は、古《いにしえ》の儀式の稚拙なパロディに過ぎず、名高いユダヤ教の伝統にあまりにも深く根ざしているので、聖書的な飾り物がお護り《タリズマン》と誤解されかねない……」

フェアマンは、ディーへの間接的な言及について少し考えた。これはかの錬金術師が『ネクロノミコン』を英語に置き換えた未発表の本のことで、大英博物館が所蔵する断片と、一五世紀のラテン語版だけが現存しているのだが、この文章がどうして妙に無防備な気分を感じさせるのか、フェアマンは自分でもよくわからなかった。

彼が改めて本に頭を傾けると、鏡像も腹に一物ありそうな様子で頷いた。

「そして、天地創造に劣らぬ太古の存在から身を守ると主張する者のいる星座については、何を語ればよいものか。古《いにしえ》の真実は、未開の人々の心の中でかくもぼやけたものであったことか。これらの星座なるものは、宇宙形成のある段階を不完全に表現したものに過ぎないのではないだろうか。無知なる者を除けば、星座に力を与えようとはすまいし、古代の生き残りの中で最も愚かな者だけが、この星座を敵対的な魔力と勘違いし、しばしの間、星座に脅かされるようなこともあるかもしれない。星座を、数多のおとぎ話《フェアリー＝テール》に隠されている〝月の子ら《チルドレン・オブ・ザ・ムーン》〟の秘《かく》された身振り手振りと混同してはならない。より低位の存在の原始的な精神にとって、星座は原初の混沌への回帰を脅かすように見えるかもしれず、時にはこの世界の微睡《ねむ》れる支配者たちのエーテル的な発信を一時的に妨害するかもしれないが、〝子供ら《チルドレン》〟の身振り手振りは、ユダヤ人の父祖についての作り話において、聖書が否定しようとしている楽園のような、流動性の状態を思い起こさせる。その記述ですら、不完全なヴェールに覆われた秘密を入門者に明かしている。何となれば、庭園の蛇とは流動性の象徴に過ぎず、新興の種族とその信念が世界の可能性に完全な歯止めはできないという、オカルト的な約束なのだ……」

表紙に描かれていた絵は、ここで説明されている身振り手振りを説明するためのものだろうか。フェアマンは、その絵は単に人間に寄せたものであって、この本はおそらく、読者の心にその種のことを頭に叩き込むために書かれているのだろうという、非合理的な考えを抱いた。

彼は左手をあげて、そのサインを表現しようとする自分の哀れな試みに失笑した。鏡に映る彼の手も同じようなものだったが、少なくともその指は傷まなかった。

本に向かって頭を下げるまで、その鏡像は彼を見つめていた。

読み進めれば読み進めるほどに、理解ができなくなってきたように思えたが、呪文じみた散文がその方向に導いてくれているかのように、理解に近づいているようにも感じられた。もちろん、これは原文ではなく、パーシー・スモールビームが書いたものだ。それがどれほど重要なことか。なぜフェアマンにとってそんなことが重要なのだろうか。

フェアマンは、この文章を夢に見て、頭の中で形をなしているのだと想像することができた。最後まで読み通すのにどれくらら時間がかかったかはわからなかったが、次の巻が理解を助けてくれるかもしれないと思い、読み続けたくなった。

本を閉じると、背後には暗闇が集まっていた。

窓の外は夜だった。時計を見ると、太陽が沈んでから一時間以上は経っていた。

傍らの電灯を点けた覚えはなかったが、司書が読書に没頭することで困ることは特にない。

せめて食事くらいはしておくべきだと思い、本を箱詰めせずに金庫に戻した。金属製の扉に手を押し当て、鍵がかかっていることを確認すると、彼は部屋から出た。

ジャニーン・ベリーは、彼が姿を現す頃にはカウンターで待っていた。

「夕食はいりますか？」と、彼女は言った。

「仕事に戻りたいんで、ちょっと出かけてきますよ」

「ここでやっている仕事のことですよね？」

「手に入れたものを調べることですよ」フェアマンは念のため、「仰る通り」と付け加えた。

「それなら、問題はないわ」彼の部屋のルームキーにつけられた棒を握ると、彼女の爪が光ったのだが、周囲の皮膚も光ったように思えた。またマニキュアを塗っていたところに違いない。

「どちらでも、大した違いはないしね」と、彼女は言った。「全部、私たちが作ったものだから」

街灯のまぶしい光が遊歩道を白く照らし、ホテルの外に駐車されている自動車を黒く翳らせていたが、建物は海を越えて忍び寄ってきた霧のように、灰色のままだった。海辺のあたりは閑散としているようだったが、フェアマンの耳には金属音が聞こえてきた。檻の柵が立てる音でなければ、ジェットコースターの絶え間なく動き続ける車輪か、店の窓のシャッターの音かもしれない。

フェアマンはフィッシング・フォー・ユーを素通りし、夜通し騒々しいゲームセンターの中にある、別の似たような店に向かった。

「今夜はこっちをお試しかい？」フィッシュ・イット・アップという店のカウンターにいた、ぶよぶよと太った男が、紙ナプキンで眉間の蒼白い隆起を軽く拭きながら言った。「ここにいる間、あんたはこれしか食べられないからね」

「海辺の食べ物のことかい？　そうかもしれないな。フィッシュ・アンド・チップスをくれ」

男は食べ物を手づかみせず、その代わりに子供用の海辺のおもちゃのようなスコップを使ってフライヤーからチップスをすくいあげ、トングで魚を乗せるのを見て、彼はほっとした。

男の爪は発育不全で、短い指とほとんど見分けがつかなかったので、最初はプラスチックの手袋をはめているのかと思ったほどだ。彼は支払いをする時、男の手に触れないように気をつけた——荷物運び《ポーター》にチップとして渡したコインが、じっとりと湿った手の平に沈んでいくように見えたことを、今でも鮮明に覚えていたのだ——そして、結露した金属のカウンターから料理の包みを受け取った。

遊歩道を横切ってベンチに座った時、浜辺にまだたくさん人がいるのを見て驚いたが、自分とて似たようなものだと思い返した。ほとんどの人間は座り込んでいて、まるで小石の多い砂浜の中から突き出しているように見え、横たわっている人間も何人かいた。

彼が夕食を食べている間、誰一人として微動だにしなかった。弱々しい光の中であれば、蠟人形館から迷い出てきた贋物だと思ったかもしれない。

食事は昨夜のものとよく似ていて、魚の食感も奇妙なものだったが、食べ慣れたその風味はなかなかとらえどころのないものだった。本のもとに戻りたいという気持ちが強すぎたのかもしれないが、仰向けになっていた人々の一人が、夢から覚めたように腰を浮かせているのが目に入り、気が散ってしまった。男の顔はへなへなの帽子で覆われていたのだが、かなり下の方までずり落ちていて、顔まで一緒に持っていったのだろうかと、フェアマンは空想を弄んだ。実際、毛のない輝く頭部の下に、灰色がかった額が妙に広がっているように見えた。

消化が許す限り手早く夕食を済ませたが、その人物は見えない顔から帽子をぶら下げた状態で半身を起こしたままだった。彼は、急いでホテルに向かった。

ホテルに到着すると、向かいの風よけにいる集団が一斉に「こんばんは」と挨拶してきた。声は弱々しくて、合わせてようやく一人分というところだが、発したのは数人の老人たち――先ほど彼が目にした人々とは明らかに違う人たち――で、ワイリーヴの方に体を向けて座っていた。

一瞬、彼らが自分の名前を呼んでくるのではないかと訝《いぶか》った。

「おやすみなさい」と声をかけると、冷たい霧が海岸沿いに彼を追って流れてきたような気がした。

カウンター上で金属の棒が立てる音は、オークションの小槌の音を連想させた。

「今夜はここでお過ごし？」と、ベリー夫人が言った。

「ホテルにいるということでしたら、そのつもりです」

「それはよかった」フェアマンが鍵を受け取ると、彼女は言った。「必要なことがあったら、連絡先はご存知よね」

たぶん、この言葉を深読みしすぎて、彼は思わず「ご主人をお見かけしませんが」と口走った。

「フェアマンさん、私たちはガルショーから離れません。動物園でご覧になったと思いますよ」

質問が恥ずかしくなり、フェアマンは「あまりよく見なかったんですよ」と抗弁するにとどまった。

「今年のシーズンはもう終わりましたからね」がっかりした子供を安心させるような口調で、ベリー夫人は言った。「期待外れにならないことを約束しますよ」

「ご主人の助けには感謝しています」フェアマンは苛立ちを捨て去るように言った。「私の代わりにお礼を言っておいてください」

表情を読み取れないほど、遠くを見る視線を向けられるとは思わなかった。

「では、よい夢見を」彼が立ち去ろうとした時、彼女は言った。「自分を忘れてみるといいわ」

動物園のブースにいた男の状態が、彼女が他の場所に慰めを求めるための言い訳だったのだろうか。ともあれ、フェアマンに目を向けられてはかなわない。

金庫を確認すると、彼は早足でバスルームに向かった。ホテル内はしんとしていて、その静けさが期待に満ちているように思えたので、トイレの水を流して消そうとした音を、より強く意識させられた。できるだけ早く、罪人になったような気分で、彼は自分の部屋に退避した。

最初の巻を金庫の暗闇に置き、他の本を鏡の前に並べてから、第二巻〝夜の目的について〟を開いた。

「昼の光は野蛮な創造の味方であり、心なき成長の大元にほかならない。夜を世界の真なる所有者の友として讃えよう。その諸力を奮い立たせ、人間の裡《うち》にすら潜む夜行性の真実を明らかにするのだ」

夢のことを言っているのだろうか？　彼の中にある何かを呼び覚ますには、本を読むだけでは足りないだろうが、読み進めるうちに、夜闇が暗さを増していくだけでなく、実体的なものになっていくように感じられた——もちろん、霧も。この本は、夜が秘密に満ちていること、目にしないのに越したことのない生き物に溢れかえっていることを納得させるほどのものではなかったが、最後のページに辿り着いたことを彼はとても嬉しく思った。

前の晩に第三巻を読み終えた――内容はほとんど覚えていないのだが、その重苦しさが頭のどこかにこびりついているように感じた。それで彼は、第四巻の〝星界の秘密について〟に目を向けた。

「古《いにしえ》の星座の名前を叫べ……」

太陽がどれほど明るく見せようとしても、夜は常に空の向こうにあった。無限の闇は時間よりも古く、星々はその化身《アバター》が形作り、宇宙が元に戻ろうとしている形象《パターン》に散らばった、単なる遊び道具に過ぎなかった。フェアマンに理解できたのはここまでだった。少なくとも、言葉の意味はわかったのだが、読み進めれば進めるほど、この本はある種の夢想であり、目覚めている精神には理解できないものだと感じるようになった。

最後まで読み終えた頃には、半ば眠りかけているような状態で、鏡に映る三冊の本の三位一体の姿は、まるで本が仲間との夢を見ているかのようだった。彼は本を金庫にしまい、よろよろと窓辺に向かった。

窓枠を引き上げると、風よけにいた老人たちが頭を持ち上げた。浜辺にもまだ人がいた。ほとんどの者は仰向けになっていたが、フェアマンは一人の女性が立ち上がり、座っていたゴム製らしきクッションを残して、海の端からよたよたと歩いていくのを見た。丸みを帯びた物体が、波にさらわれてきらきらと輝き、弱々しく揺れていた。

フェアマンは窓を閉めて背を向けたが、部屋の中にこもった澱《よど》んだ匂いに気分が悪くなった。大きなプラスチックのバケツを担いだ一人の男が、斜面を下りて浜辺に向かうのが目に入った。

本のことで頭がいっぱいなので眠れないだろうと思いながらベッドに入ったが、暗闇の中で横たわる彼を待ち受けていたのは、以前にも目にした幻影だった。再び石の繭のイメージにうなされたのだが、今回はその放浪の終わりが思い浮かんだ。繭は巨大な石炭のように燃え上がりながら、森の奥深くに落下し、何倍もの大きさのクレーターを穿《うが》って、周囲の木々を炎上させた。

彼は、繭が冷えて割れる有り様を否応なく見させられたのだが、それは卵の孵化を彷彿とさせる光景だった。亀裂を通して、顔の一種に違いない白っぽいスポンジ状の塊《かたまり》がちらりと見え、そこから目が持ち上がって、隕石の亀裂から周囲をぐるりと覗き込んだ――目は二つ、あるいはもう一つあった。

隕石が巨大な破片に砕け散り、中身が這い出てくるまで、彼はその大きさを想像しないようにした。卵型の体は巨大な大聖堂の如くで、その類似性を思い起こさせたのは、重々しい体全体から突き出している棘だった。それが棘を操って地中深くに潜り込む様子は、まるで大聖堂が自ら埋もれていくのを見ているようで、フェアマンは自分が読んだ本に起因するのだろうその光景に、自分の精神が耐えられるものだろうかという、不安な感覚を覚えた。

地中に沈んでいく顔を、もうこれ以上見なくて済むことに安堵した。目にした別の光景も、たいそうひどいものだった――森の炎の眩しさから目を逸らすカタツムリのように、引っ込められた目だった。

その後は、大火に囲まれた荒れ果てた大地が広がるだけだったが、それは恐ろしい待機時間を感じさせるものだった。ついに、大地の中に落ち着くという想念が、眠りに落ちる予感と混じり合い、彼が覚えていたのはそこまでだった。

ドンドンと叩く音で、彼は目が覚めた。覚醒しようと躍起になっているうちに、その音は次第にはっきりとし、小さく緩やかになっていくようだった。誰かがドアの前にいた。

「どうしました？」フェアマンは、声のたるみを抑えながら尋ねた。「何かあったんですか？」

「ジャニーンですよ、フェアマンさん。朝食はいらないのかと気になってね」

フェアマンは、ベッド脇のテーブルに手を伸ばし、腕時計を探した。部屋に差し込む灰色がかった光からは、夜が明けてからそれほど経っていないと思われたので、一一時近くになっていることを信じられず、何度か目を瞬《まばた》かせた。

「なんてこった、寝過ごした！」と、彼は叫んだ。「何時間も前に起きるつもりだったのに」

「心配なんて少しもいらないわ。あなたに合わせて準備ができてるから」

朝食を取る暇はあるのだろうか。パニックが和らぐにつれ、この本を全部揃えるためには間違いなくもう一泊する必要があることに気づいた。予定通りに起きることができたとしても、その必要があったかもしれないのだが。そう考えると、彼はほとんど無気力なほど落ち着いた気分になったが、それはまだ完全に目覚めていなかったからに違いない。

バスルームにもトイレにも誰もおらず、廊下も閑散としていたが、昨夜、彼が本に夢中になっている間に、相当数の人間が階上にあがってくる音を聞いたような記憶があった。もちろん、その人たちは自分よりずっと前に起きていたはずだ。それが気のせいでなかったらの話で、そう考えると夜半に浜辺で寝そべったりなんだりしていた人たちを本当に見たのかも疑わしく思えてきた。

朝食会場は空っぽで、一組のカップルがチェックアウトを済ませていただけだった。

「また来年に」と男の方がフェアマンに言うと、丸々とした妻も同じようにした。

フェアマンは曖昧な呟きを返して、窓際の朝食テーブルに向かった。遊歩道から半マイルほど離れた海には、厚い霧のカーテンがその裾を引きずっていて、太陽の位置がわからなかった。折しも今、海は湖ほどにしか見えなかった。霧のせいか、老人たちの姿が見当たらない風よけを眺めていると、ベリー夫人が昨日と似たような皿いっぱいの料理を持ってやってきた。

「お気に入りの料理よ」と彼女は言った。

彼女に礼を告げてから、彼は「残念ながら今夜も部屋が必要みたいです」と言った。

「恐縮する必要なんてないのよ」

彼女は口を閉じ、それから唇をすぼめて、まだ言いたいことがあるのだとほのめかした。また夢の話を持ち出すつもりなのかもしれないが、そのことについてはあまり話したくなかった。

「失礼します」そう言うと、携帯電話を取り出した。「ちょっと電話をかけてきます」

「やるべきことをおやりなさい、レナード」


耳元でけたたましくベルが鳴り、しばらく鳴り続けた。ようやく、渋々といった感じの声音が「はい、フェアマンさん」と応答した。

「おはようございます、ビッカースタッフさん。今日は状況が改善されましたか？」

「改善されたところもあれば、そうでないところもあります。ここではいつもそんな感じです」

「まあ、改善されたところもあるとお聞きできて嬉しいですよ。いつお伺いしますか？」

「まだ何とも言えません」

「失礼ですが、状況は――」

「そこは何も変わっていません」

「失礼しました。でも、申し訳ございませんが、本当にあの本が――」

「私を脅さないでください、フェアマンさん。この町の住民たちの中には、そうしようとした人間もいましたけれど、効き目はありませんでしたよ」

「そんなつもりはありませんよ、ビッカースタッフさん、でも、これらの本が手に入るという理解のもとで、私がかなり長い手間をかけてきたことをご理解いただきたいと思います」

「フランクはそう言っていませんですよね？　彼はただ、手元の一冊について手紙を書いただけです」

「それは、私が他の皆から信じ込まされていることです」フェアマンは、まるで夢の中で走ろうとするのと同じくらい、議論が遅々として進まないように感じた。「私がこの本を早く管理下におけば、あなたの責任もひとつ軽くなるのでは」

「私は責任を放棄しているわけではありませんよ、フェアマンさん」

「そうは言っていません。私はただ――」

「時間切れね。仰る通り、私には責任がありますので」

ローダ・ビッカースタッフはそう言うと、すぐに電話を切った。

フェアマンが、海の長い息づかいと見間違うような雑音を聞いていると、ジャニーン・ベリーが部屋に入ってきた。「食欲はもうないのかしら」母親の叱責のような彼女の言い方に彼が眉をひそめると、「自分の中に抱え込むことはやめて。ガルショーではそういうことはしないわ」と言った。

「他の方々ほど積極的ではない人がいるようですね」

「そんなはずはないわ。私たちの誰一人として、あなたに迷惑をかけちゃいけないのに」

「ローダ・ビッカースタッフです。あなたの町の、リーフィー・シェイド・ホームの責任者ですよ」

「わかってるわ」仮面のような顔つきで遠くを見つめながら、ベリー夫人は言った。

「彼女に言い訳をさせちゃダメ。出向いて、有無を言わせないのよ」

「色々と取り込み中でいらっしゃるようですが」

「なら、あなたが言ったように受け取って然るべきものを貰えば、彼女の負担は軽くなるでしょうね」

フェアマンが立ち聞きされたことに異議を唱える前に、ベリー夫人は再び母親のような態度をとった。

「今はただ、食事を済ませること」と、彼女は言った。「そうしたら、行き先を教えてあげる」

フェアマンは食事を取りながら霧を眺め、それを味わっているような幻想的な考えを抱いた。一口ごとに水っぽさが感じられたが、食感はしっかりしていた。コートを取りに行き、受付カウンターに町の地図を持っていくと、後味はよくわからないものになった。

「今すぐ向かうといいわ」と、ベリー夫人は促したのだが、駐車場に向かう彼をいったん呼び戻した。

「私たちが、あなたのことを信用していないと思っているでしょうね」と言うや、金属の棒についているリングからキーをねじりとった。あまりに力を入れたので、爪と周りの肉の区別がつかなくなった。

「これであなたも、私たちと同じように出入りできるわよ」

フェアマンは、車に向かう途中でルームキーをポケットに入れた。歩道が混雑しているわけでもないのに、澱《よど》んだ灰色がかった光がどの顔にも染み渡ってみえる遊歩道から離れられるのがありがたかった。クンバクとシーシーの間の小道を車で走り、商店街を横切ってエッジウッド・ロウに向かった。そこではどうやら、いくつかの大きな家が境界を接し、リーフィー・シェイドを構成しているようだった。歩道脇の庭の塀は手入れが行き届いていたが、靄がかかった森の並木に面した壁はいくらか荒廃していて、住民が通り抜けられるほどの隙間がいくつもあった。

フェアマンが路上に車を停めると、敷地内に警察車両が停まっているのが見えた。たぶん、ローダ・ビッカースタッフの言葉通り、ある程度深刻な事態だったのだろう。いくら苛立っていたからといって、彼女の問題をこれ以上増やすわけにはいかない。ネイサン・ブリッグハウスとて、そんなことは望まないだろう。エンジンをかけ直そうとした時、リーフィー・シェイドの中央の建物から、一人の女性が急ぎ足で出てきた。

「フェアマンさんですね」と、彼女は叫んだ。「レナード・フェアマンさん」

ぎこちない足取りが、彼女の背の高さを際立たせていた。頭は不釣り合いなほど大きかったが、口と顎は小さかった。膨らみのある黒いドレスの上に綿入りのコートを羽織っていたが、ドレスからはみ出している足首は想像以上に太く、エレガントさを目指すには大きすぎる黒い靴を履いていた。

フェアマンが車を降りると、彼女は背の高い鉄門の鍵を開けた。

「ビッカースタッフさん」彼は言った。「すみません、気が利きませんで——」

「お詫びの必要はありません。私はローダ・ビッカースタッフではありませんから」

「それでも、忙しい時に手間を増やしてしまい申し訳ないです」

「そんなことはなさっていませんよ」この言葉には、安心させるというよりも非難に近い響きがあり、「ユーニス・スプリッグスです」という自己紹介も同じ口調だった。彼女の視線も口調と似たようなものだったが、すぐに和らぎ——少なくとも遠ざかった。

「町長を務めております」と、彼女は言った。

肩書についてくる鬘《かつら》を被ってでもいるのだろうか［英国では、裁判官や法廷弁護士が伝統的に鬘を着用した］。彼女の大きな目を覆い隠す太い眉毛の上の神の生え際は、異様に整っているように見え、頬の横にまっすぐ垂れ下がった黒髪は、霧の天蓋から差し込む灰色の陽光のように生気がなかった。

不安を感じさせるほど小さな手をフェアマンに差し出して、彼女は言った。

「私たちのためにしてくださっていることの全てに感謝します」

「私はただ、期待されていることをやっているだけです」

「他の人たちもそうしてほしいのですけれどね。町を代表して、ご迷惑をかけたことをお詫びします」

そんな必要はないと伝える前に、女性町長は「どうぞこちらへ、引き継ぎをお願いします」

彼女が砂利道を曲がるまで、フェアマンは手を拭くのを我慢した。

「どなたかに会いに来られたので？」

「残念ながら、そうせざるを得なかったのです」彼女はそう言うと、中央の建物に向かってゆっくりと、しかし目的意識を持って歩き出した。「ローダ・ビッカースタッフにね」

広いホールの向こうには、肘掛け椅子に座った老人たちでいっぱいの部屋への入り口を縁取るように、やっとこに似ていなくもない幅広の階段が二つ並んでいた。フランス窓から差し込む濁った日差しが、老いた肉体を染め上げているようだった。一人の老人が口を大きく丸く開けて、灰色がかった歯茎をむき出しにすると、仲間の数人も加った。その様子はまるで、一番丸い口を作ろうと競い合っているかのようだった。一人の老女が椅子の両側に腕をぶら下げてカーペットに触れていたが、フェアマンには彼女の手が腕の部分と不釣り合いに長いように思われた。

窓の外では、明らかに監督されていない住人たちが、敷地内をよたよたと歩き回っていた。何人かが集まって、壁の隙間から森の奥深くをじっと見つめていた。フェアマンは、住人を監督する仕事を妨げたくはなかったが、ユーニス・スプリッグスは階段の左側にある部屋に、彼を手振りで誘導した。

彼女はわざわざドアをノックしようともしなかった。

顔と髪の色と同じくらい灰色がかったスーツに身を包んだずんぐりした女性が、オフィスの奥にある机の背後に座っていた。顔をしかめていないのだとしても、顔面の左側がかなり変だった。唇が左に引き寄せられ、左目は半ば閉じられ、左頬は紫がかった色を帯びていた。

彼女の両脇の少し離れたところには、警察官と、揃いの制服を着た女性がいた。フェアマンの目には、彼らが双子のように映った。二人の丸みを帯びた顔のどちらにも、何の感情も籠もらない決然とした表情が浮かんでいたからだ。

「やっと来られたわ」と、ユーニス・スプリッグスは言った。「あなたに借りを作った人がここにいると思うのだけど、レナード」

彼女は机の背後の女性を見つめ、続いて警官もそうした。皆、黙ったままだったので、フェアマンは自分が口火を切るべきだと感じた。「時間を作ってくださってありがとう、ビッカースタッフさん」

女性は座ったまま前のめりになり、腕組みをしたまま机をトントンと鳴らした。その音は反響しているようだったが、繰り返し反響するにつれてだんだん大きくなった。彼女は机の下で踵《かかと》を鳴らしてもいたのだが、フェアマンは床がどんどん不安定になってくるように感じていた。

「ローダ」と女性町長が言った。

ローダ・ビッカースタッフは頭を上げながら、上腕に指を食い込ませた。

「申し訳ないと言わねばなりませんね、フェアマンさん」

「事情はわかっているつもりです」

彼女の視線が彼の言葉を否定したので、フェアマンはこう言った。

「では、なぜお詫びを？」

「他の皆のように、本を慌ただしくあなたに渡そうとしなかったからよ」

「私の考えでは、誰もそんなことはしなかったように思いますが」

「それなら、あなたは私たちの町のことをよくご存知ないのね」

フェアマンは、見どころがまだたくさんあることはわかっている、と言い返しそうになった。

まるで頭の中で、彼にその言葉を告げた全ての声が合唱するのを聞いているような気分だった。

今度は、女性町長が沈黙を終わらせた。「安全のためよ、ローダ」彼女は言った。「安全よ」

それは安心させる言葉だったかもしれないが、フェアマンには命令に聞こえた。ローダ・ビッカースタッフの目は反抗的なままだったが、踵の音は床板を伝わって消えていき、視線も彼から逸らされないまま後退していくように見えた。突然、彼女はよろよろと立ち上がり、スーツがみぞおちのあたりでくしゃくしゃになったが、フェアマンには腹の肉がくしゃくしゃになったように思えた。

彼女が机の後ろの金庫に向かって歩き出すと、床が再びぐらぐらと揺れた。彼女は組み合わせダイヤルを回してドアを大きく開けたが、内部は暗闇に包まれていたので、彼女が胸に抱きしめるまで、フェアマンには本が見えなかった。ローダが振り向くと、その顔はさらに左方へ歪み、口を動かすのが難しくなったようだった。

「準備はいいかしら、レナード」と、彼女は不明瞭な口調で言った。「次はあなたの番よ」

彼女が本を手放す前に、彼は――まるで赤ん坊を抱きしめようとするみたいに――両手を差し出さなければならなかった。彼が本を受け取ると、彼女はまるで自分の体全体を空っぽにするような息を吐き出し、町長の体からも力が抜けたようだった。それは第六巻〝月に閲《けみ》されたものについて〟で、飾り模様《コロフォン》には満月が描かれ、その月面の海は瞳孔のように見えた。

「ありがとうございます」とフェアマンは言ったが、それでは言葉足らずに思えた。「あなたの危機的状況がすぐに解決することをお祈りしますよ」

ローダ・ビッカースタッフの顔が左向きに引きつり、白髪まじりの巻き毛の生え際がそれに引っ張られているように見えた。「この町で何が起きているのか、本当にわからないの、レナード?」

「その本こそが、ただひとつの危機だったのよ」と、ユーニス・スプリッグスは言った。「ローダは、ちょっとばかり本の世話をしすぎたの」

「いったい何を言ってるんです？」フェアマンはそう言うと、警察官に目を向けた。「プロ意識に欠けると思っていただきたくはないが、結局のところ、ただの本じゃありませんか」

「あなたの口からそんな言葉は聞きたくありませんね、レナード」

ローダ・ビッカースタッフからそう言われたというだけでなく、この部屋にいる少なくとももう一人もそう思っているらしいと感じて、フェアマンは困惑した。

「私に任せてください」憤慨しつつ、彼は言った。「お次は誰です？」

「エリック・ヘドン。地元の歴史家よ」

今度は町長が話したが、彼はローダ・ビッカースタッフから目を離さなかった。

「昨日は決して教えてくれませんでしたね」

「ここではそういうやり方をしないのです、レナード」ユーニス・スプリッグスは言った。

「なぜです？」フェアマンは彼女に向き直り、問いただした。「このことについて、あなたはどれだけ知っているんです？」

「必要なことは全て」と、彼女は妙に遠い目をして言った。「その時が来たら、わかるでしょう」

警察官が無表情のまま彼のことを睨みつけてきている以上、まごまごしている暇はなさそうだ。

「どなたか、ヘドンさんの電話番号を教えてください」

誰が対応してくれるかわからなかったが、ローダ・ビッカースタッフが〝休息こそ最善《レスト・イズ・ベスト》〟のスローガンの書かれたリーフィー・シェイドのカードの裏にその情報を走り書きしてくれた。

道を急ぎながら、彼はこの場を終えられたことに心から安堵していたが、その時、視界の端で何かが動くのが見えた。住人の誰かがベッドから落ちたのだろうか？　左側の建物の一階にある窓の向こうで、ベッドの上掛けが床に向かって広がるところだった。青白くて形のはっきりしない物体が、彼がもっとよく見える前に低い敷居の下に消えていったが、腕や足が突き出ていたようには見えなかった。いかなる人間であれ、手足の長さも太さも、あれほどばらばらということはないだろう。

とはいうものの、現にベッドは空で、上掛けに誰かが絡まっているかもしれない。フェアマンが誰かに知らせようかと考えていた時、制服を着用した看護師が部屋に入ってきた。そこにあったものを目にして、顔面が蒼白になった看護師をよそに、フェアマンは自分の車に向かった。

獲得したものを箱に詰め、トランクに鍵をかけたところで、彼は躊躇《ためら》いを覚えた。町長と警察官の介入は不愉快だったが、ともあれ彼らは本を確保する手助けをしてくれたわけだ。ローラ・ビッカースタッフがそうしたように、歴史家もまた拒んだとしたら？　公権力の助力が必要かもしれないと考えながら、フェアマンはリーフィー・シェイドの外から電話をかけた。

眠たげな雑音がベルの音に変わり、男が「はい」と呟いた。その返事には、本来の発音よりも子音が少なく――たぶん全くなかった。

「ヘドンさんでしょうか」と、フェアマンは言った。

「ふぇぁあんさん」

ヘドンは酔っているのだろうか。呂律《ろれつ》が回らないようだった。

「ええ、私がそうです」フェアマンはそれでも返事をした。

「ぇんあくぃてくれてよぁった。よぅやくぇすね」

「お話できてよかったです。もっと早く連絡できなくて申し訳ない。これからお伺いしても？」

「あぉで、しょぉえおぁいしましょう」

「すみません、よく聞き取れませんでした」

「あぉで。あぉで」ヘドンは、明らかにむっとした様子で、「後で劇場に行ってください」と発音することに成功した。

「行くかもしれませんが、あなたは――」

「トゥレット症候群[*21]でね」フェアマンが、これで説明したつもりなのだろうかと訝《いぶか》っていると、ヘドンは怒ったような口調で付け加えた。「ショー劇場に行く前に休まないといけないんだ」

「あなたも参加されているということですか？」

「ぁしかにぁんかしてるぉ」ヘドンの言葉は再びぼやけるどころか、ますますひどくなってきた。

「やすんでぃぁしてね」彼はもぐもぐと言った。「このぇんわがあった時」

「すみません、どちらの言葉も聞き取れませんでした」

「この電話があった時、私は休んでいたと言ったんです」と、ヘドンは不満げに言った。

「すみません、気がつきませんで」

フェアマンには、こちらが当然聞き分けられるものとヘドンが考えているように思えた。

「お聞きしたいのですが」彼は言った。「行く前に、他に誰がいるか教えていただけないかと――」

「よるには、ぃんなにあぇますとも。ぇあ、またぉるに」

ヘドンの声は不明瞭だったので、電話が切れた後の雑音と混じり合うように思えた。

今夜、誰がステージに立つかを尋ねているなどと、彼は本当に信じていたのだろうか。少なくとも、フェアマンは理性的にできる限りのことはしたし、中身を確認するべき本もあった。


坂道を車で下っていると、靄が海の端近くまで迫ってきて、灰色の光のせいで色褪せ、昔の姿のようになっている遊歩道の両端を塞いでいるように見えた。ワイリーヴの近くでは、海辺の人々がほとんど身動きしていないように見えて、その有り様は観光案内所のポスターを思い出させた。

ベリー夫人に顔を合わせなかったのは、わざわざ歓迎する必要はないという、ある種の受け入れ方のように感じられた。金庫の中身を確認した後、段ボール箱の梱包を解いた。

窓から見える浜辺には霧が立ち込めているにもかかわらず、水辺に人々が座っているのが見えた。その姿はぼやけていて、服装がわからなかった。昨日、風よけにいた老人たちだろうか？　おそらく霧を防ぐために、顔の下半分にスカーフを巻いているので、見分けがつけられなかった。

電話をかけるべきだと思い立ち、フェアマンは携帯電話を取り出した。

「レナード」と、ブリッグハウスが言った。「私を驚かせるような知らせはあるかい？」

「半分は越えたよ」

「相変わらずのペースというわけか。今回は何に手こずっているんだ？」

「何人かの所有者から待たされているんだ」

「それはけしからんな。連中は、この本を確保する重要性をわかっているのか？」

「そこは問題ない。彼らは、この本にどれほどの意味があるかをわかっているはずだとも」

「それで、残りの人たちはどうなんだ？　全員と連絡を取ったのか？」

「それができないんだ」フェアマンは予期される反応に身構えて、言葉を継いだ。「特定の順番通りに各巻を集めなければならないんだ」

「一体全体、どうしてそんなことを？」

「誰も彼もが、そうして欲しいと思っているんだよ」

「で、きみの方もそういうやり方に唯々諾々と従っているというわけか。私には、誰かがきみをイケニエにして愉悦しているように思えるのだがね」

フェアマンが弁解しようとしたのは、自分のことだけではなかった。「率直に言って、そういう話ではないと思う」

「まあ、きみが一番心得ているんだろうさ」ブリッグハウスの言い方は、言葉通りのものではなかった。「いつまでかかるのか聞いても無駄かな？」

「今すぐには何とも言えないと思う」と、フェアマンは言いはしたものの、町民の誰かの言葉をそのまま繰り返しているような気がした。

「昨日、休暇について話したことを覚えているかね」

「大学がこの本の価値を見くびっているのなら――」

フェアマンは辞職の可能性を匂わせながら、こう言った。

「この本は、僕たちにとって最重要の獲物のはずだぞ」

「布教の必要はないよ、レナード。私にもその希少性は重々わかっている」

フェアマンは、それ以上のことを言いたかったような気がしたが、言葉にできなかった。

それとも、ブリッグハウスの態度がよほど腹立たしかったのか、彼はこれだけ言った。

「サンドラに、僕がさらに遅れるだろうと話してはいないのかい？」

「どうして私がそんな話をしていると思うのか、わからないな」

「僕のことを話していたんだろ？　彼女には自分で知らせたいんだ」

かなり間を置いてから、ブリッグハウスが言った。

「なるべく早くこっちで会いたいね。明確にしなければならない問題がある」

結局のところ、フェアマンは自分の立場を危うくしたのかもしれない。

「本が許してくれるなら、すぐに戻るよ」

彼はそう言ってブリッグハウスとの通話を終えたが、大学の状況は彼を悩ませるにはあまりにも縁遠いものに思えた。

それから彼は、〝月に閲《けみ》されたものについて〟を読み始めた。

「月が太陽から光を借りていると見なす愚か者のなんと多いことか！　本当はその光は、真夏の太陽の光よりも魔導師《マギ》の目に多くのものを見せてくれるのだ……」

この本はさらに、月の神話の裏面を透かし見せてた。狼男の変身については「夜がもたらす光によって、世界のあらゆる側面にもたらされる変化の、野蛮な発露に過ぎない」と書かれていた。妖精にまつわる古い物語には、月の満ち欠けによってその姿が変化することから、妖精を〝月の子ら《チルドレン・オブ・ザ・ムーン》〟と呼ぶものもあった。パーシー・スモールビームがこの本を編集した頃には、「宇宙の幼年期に生命がどのように形成されたのかを、その姿が裏付けている」と本の中に書かれている畸形の子供《ムーンカーフ》を身ごもるのを警戒し、満月の夜に妊娠または出産をすることを恐れる女性たちがまだ存在していたようだ。

本の他の箇所には、「魔術師《メイジ》は月がそうであるように見ることを学ばねばならない」と示唆されていたが、後に続くページがそのことを教えれうためのものだとしたら、フェアマンには一言たりとも理解できなかった。散文は瞑想的かつ神秘的になり、月の暗い側を隠蔽の象徴として示した。「どんな石の裏側もそうであるように、怪物的で非人間的な生命が群れをなしている」という考え方は、長々と論じられた魅力に乏しい文言を費やしながら、比喩的なものであることは確かだった。続く部分で、この本は「最も近いものこそが最も隠されている」と提唱するのだが、フェアマンはその後に続く段落が、彼の意識に入ることなく、心の中に逃げ込んでいくように感じた。

ちらりと目を上げるたびに、フェアマンは自分自身の視線に晒されたのだが、その視線は、ようやく本を閉じた時、脳裏に重石のようにのしかかる無理解と相反するものだった。

理解する必要はないのだ。彼の使命はただ、本を安全に保持することなのだから。

他にやるべきことがあっただろうか。電話をかけそびれた相手のことを思い出した時、彼は背中の起伏のようにため息をついた。

彼女の疲れた声には、諦めの色があった。

「私からは何も聞くつもりがないわよ、レナード」

「なら、ネイサンから何も聞いていないのか」

「あなたの話は何もね」

フェアマンが自分の鏡像の目の奥を見つめていると、サンドラは言った。

「彼は何て言ったの？」

「僕はまだきみのご想像通りの場所にいて、彼はまた休暇の話をしていたよ」

「あまり心配しているような感じじゃないけど」

「そういう意味なら、僕はきみと一緒にいたいと思ってるよ」

その時、フェアマンの頭に自分で考えたとは思えない霊感が閃き、彼はこう言った。

「もちろん、きみがお望みなら、すぐにでもそうできる」

「どうやってそれを実現するつもり？」

「週末は休みだろ？　明日までにここでの仕事が終わらなかったら、きみも来ないか？」

「私がそうしたら、びっくりするでしょうね」

「喜びでね」

「私には、あなたが一人で十分楽しい時間を過ごしているように聞こえるのだけど。実際、それほど急いで帰ろうとはしていないみたいだし」

「この本のことは、急がせられないんだ」

フェアマンは、自分以外の誰かの手が、黒い本の上に置かれるのを見た。いや、それは鏡に映った彼の手で、まるで誓いを立てるか、何やら厳粛な儀式にこの本を使おうとしているような様子だった。

「それなら、私の方もこれ以上、あなたを急《せ》かすようなことはしないわ」

サンドラは、熱意から程遠い調子で言った。

明日、改めて彼女と話そう。睡眠をとれば、何か変化があるかもしれない。

別れを告げた後、窓の外のぼんやりした光からは想像できなかったが、まだ一時間近く余裕があった。

霧の背後で月が太陽に取って代わってても気づかないかもしれないという、不条理な空想が浮かんだ。


ショー劇場には歩いていくとして、簡単な夕食を取るだけの時間があった。彼は本を金庫に戻すと、空の段ボール箱を持っていった。

ジョギング中の人たちが、遊歩道を根気よく小走りに進んでいた。その姿はまるで、霧に包まれた黄昏の中を抜けようと苦労して進んでいるようにも見え、フェアマンは彼の重さを量る媒質の存在を感じたような気がした。

確かに、ジョギング中の人々には運動が必要だった。ひどく肥満した者もいて、一歩進むたびに贅肉が浮き上がり、顔までぷるぷる震えていた。皆がフェアマンに挨拶するために手をあげて、何人かはその勢いのままに額を拭ったので、腕の肉がまるで腹の贅肉のように震えているように見えた。驚いたことに、古い歌——何の歌かわからないが——の一節を口ずさむように息継ぎしている者もいるようだ。

ショー劇場はまだ開いていないようだった。ロビーは、動物園で見たガラスケースのように薄暗かった。遊歩道との交差点を渡る時、若いが小太りの母親が押しているベビーカーをよけなければならなかった。椅子を風雨から守る、左側が右側の二倍の大きさがあるように歪んで見えるプラスチックカバーのせいで、乗っている人間の広く平らな顔がぼやけ、目があることしかわからなかった。フェアマンには、幼児が裸であるように見えた。おそらくそれは、プラスチックと黄昏の光のせいで、肌もワンピースも同じく灰色がかった青白い色に見えたからなのだろう。道端で親子連れに会った人々が、子供のことで両親を褒めるのを目にしたことがあったが、適切な言葉が思いつかなかった。いずれにせよ、その女性の遠くを見つめる視線は、そうした言葉を促すものではなかった。

ゲームセンターの機械がジングルやピコピコ音を鳴らしている一方で、ビデオゲームが人間と見紛うような合成音声を張り上げ続けていた。

フェアマンは、シーズンの終わりにもかかわらずガルショーが活気に溢れていることを自分に見せつけるためだけに、ショーが催されているのではないかと想像した。ゲームセンターの外に置かれた馬のプラスチック製の目が湿気で輝き、その中身の機械が電子音で歌い出したのを見て、彼は『黙示録』に書かれていた、死体の中や月の裏側に群がる生命じみたもののことを思い出した。霧の背後には、今でも太陽がかかっているのだろうか？

いささか空想が過ぎるようになっていた――たかが霧が、それほど巨大な存在を隠すことができるなどと、どうして思いついたのか――ゲームセンターを通り過ぎる間、その心のない喧騒が、彼の頭の中にある全ての思考を混濁させた。

フィッシング・フォー・ユーの店主は、病院の制服——少なくとも、看護師のような服を着ていた。

「うちの店の方が気に入ったの？」と彼女は言った。

「この町に来てから、ここより旨《うま》いものを食べたことはないよ」

「そんなことはないわ、どっちも美味《おい》しいわよ」

目つきは控えめにしてはいたが、たぶんこれは自慢だったのだろう。

「いつものやつ？」と、彼女が言った。彼女はフェアマンの好みを知らないはずなので、これは皆の好みを意味しているのだろうと思った。「それでいいよ」

タイル張りの床に置かれたピクニックテーブルにつくと、彼女は言った。「ここで食べていくの？それなら、まだ慣れてないのね」

「この天気に？　慣れたいとは思わないよ」

「早合点は禁物」

彼女のぶっきらぼうなアクセントには、そういう助言めいた言葉が合っていた。

きしきしと軋む発泡スチロールの容器に入ったフィッシュ・アンド・チップスを持って彼女がやってきた時、彼は何も言葉をかけなかった。彼女がそれを彼の前に置いて、テーブルに湿った跡を残すと、まるで中身が逃げ出そうとするかのように蓋が上向きに揺れた。

フェアマンは、彼女の細い腰がかなり上まで伸びているのを観察し、当惑を覚えた。彼女の腹の肉は、大部分が落ちくぼんで、大きな尻に支えられているらしかったのだ。

彼女がカウンターの向こう側に戻ると、プラスチックのフォークで一口食べた。だんだん馴染んできたその味について、彼は「これは本当に鱈なのかい？」と質問した。

「魚って書いてあるでしょ？」長い指で壁のメニューをつつきながら、彼女は言った。

「私たちの種属よ」

「苦情を言うつもりはないんだが、それはどういう種属なんだ？」

「ここにいるもの。みんなが戻っていく種属よ」

フェアマンが諦めて食事を再開する中、店主が小声で鼻歌を歌っていた。その歌は民謡のように聞こえたが、海から帰ってくる人について彼女が付け加えた歌詞が印象に残った。

小刻みな足音が聞こえてきたのでちらりと顔を上げると、女性がその場でダンスを踊っていた。彼女は目を閉じていたのだが、平らなまぶたが周りの皮膚とほとんど区別がつかなかったので、彼は困惑した。夕食をかなり残した状態で、ベンチをゆっくりと離れようとした時、彼女の目がパッチリと開いて、彼に向けられた。「また会いましょうね」と、彼女は言った。フェアマンは、他の誰かに話しかけているのかと尋ねそうになった。

街灯が点《とも》り、霧を陸地の方に引き寄せているように見えた。その霧はまるで、フルーツマシンの甲高い音と他のゲームの挑戦的な轟音が動物園を思い起こさせるゲームセンターの中に、彼を閉じ込めようとしているように感じられた。

劇場に向かって坂道を上っていくと、ロビーの照明が点き、フランク・ラントが大理石の階段に現れて彼を迎えた。「こちらにいらっしゃるのが観客です」と、支配人が告げた。

「これで全部でないことを祈るよ」

「私たちには十分でございますよ」ラントの黒い口髭と切りそろえられた髪は、強制された握手のしっとりとした感触を共有するかのように輝いていた。

「期待を裏切らない限りはね」と彼は言った。

「実を言うと、エリック・ヘドンに会いにここに来たんですよ」

フェアマンは早速、この入場無料の扱いについて無礼で恩知らずな気持ちになったが、ラントの表情は熱狂的なままだった。「彼らは皆、スターの卵でしてね」彼はそう言うと、ようやくフェアマンの手を離してくれた。「今にわかりますよ」

彼は、フェアマンに海から帰ってきたばかりの船乗りを思い起こさせる、水の中をのたうつような足取りで客席に向かった。二重扉の向こうにはヒオリ通路があって、少なくとも三〇列の座席を左右に区切っていたのだが、どの列も空席だった。

「時間を間違えたかな？」と、フェアマンは思わず口にした。

「間違いではございませんよ」ラントは、まるで祭壇に礼拝する司祭のように、カーテンで覆われた舞台に向かって頭を下げた。

「好きなところにお座りください」と、彼は言った。「近ければ近いほどよろしい。一人でいられる時間はそれほど長くはありませんからな」

夜更かしのせいではないにせよ、フェアマンは完全に目が覚めているわけではなかった。

ステージ上から一人だけ目立つのは嫌だったので、ホールの客席の中ほどの列の、通路側の席を選んだ。そこなら、ラントが納得できる程度にステージから近く、目立ち過ぎることもないだろうと期待したのである。

「さて、私どもの贈り物をいくつか御覧にいれましょう」と、支配人が言った。「ここは、単なる眠る町ではないのですよ」

「そんなことを言ったことはないですよ」と、フェアマンは抗議したが、ラントはもう玄関ホールに歩き去っていた。各扉がくぐもった柔らかい音を立てて閉まったかと思うと、前方のどこかから物音が聞こえてきた。開演前の観客のざわめきを妙に思い起こさせられる音だったが、それはカーテンの向こうからの音だった。それとも、何かの詠唱のようなものだろうか——たとえば、演者を鼓舞するための慣習か何か。フェアマンは、その言葉を聞き取ろうと懸命に耳を凝らした——だが、あまりに馴染みがなく、理解できなかった。

その時、照明が消えて、客席は土のような濃い闇に包まれた。

フェアマンは、暗闇を吸引するように息を吸い込んだ。わずかでも光を見ようとして、目が痛くなり始めた時、前方から何かが緩慢に動く音が聞こえた。相当な大きさの何かが床を引きずられ、自分に向かって進んできているのだと思い、息が詰まった。それは、原始的な生命体のように二つに分裂し、片割れのそれぞれが彼の左右両脇を這っていた。

その音が止まる前に、明るい照明が点けられて、聞こえていたのはカーテンが両側に開いていく音だと判明した。カーテンの間からフランク・ラントが進み出て、夜会服のボタンが腹を抑え込もうと四苦八苦しているのを見せつけるかのように、両手を差し出した。

「今シーズン最後のショーにようこそ」と、彼は言った。「ガルショー・プレイヤーズをご紹介いたします。一世紀半ぶりに披露される技芸《わざ》の数々を御覧ください」

ラントの言葉を根拠に、フェアマンはその技術とやらが数世代にわたり受け継がれてきたのだろうと考えたが、この発言は彼だけに向けられたものではなかった。カーテンが止まると、玄関ホールから伸びてきた光が客席にこぼれ、後方の席につく人々の声が聞こえてきた。

ラントが後ろに倒れ、彼の両脇のステージにパフォーマーが飛び出してくると、その動きは静まった。白いレオタードを着用した軽業師で、陽気な行進を披露した。おそらく、楽団の演奏は録音されたものだろう。技術的な問題があるのか、音楽のどこがおかしかったのかフェアマンには把握できないほどわずかではあったが、調子が外れていた。

ラントが揺れながら舞台袖に入ってくると、もう一組の軽業師が仲間入りした。青白い顔はもちろん、ピエロに似せたものだろうが、衣装はそれらしくなかった。

レオタードがぴったりとフィットしていたにもかかわらず、フェアマンには彼らの性別が識別できなかったし、黒髪のてっぺんに置かれたそっくり同じ帽子も役に立たなかった。

軽業師たちは飛び跳ね、転がり、互いに体を重ねたりしていたが、朗らかな笑いを浮かべる小さな顔は、同じ型から作られた四つの仮面のように変化がなかった。

彼らのしなやかな動きは、青白い肌と相まって幼虫の身悶えを否応なく想起させ、フェアマンは心乱された。そして、彼らが互いの肩の上に立つたびに、そのつま先が指のように握られて、肉に食い込むように伸びているという考えを振り払わねばならなかった。

募りゆく眠気が、覚醒《めざ》めている彼の心に夢のような空想を押し付けているのに違いない。

今しも、軽業師の塔のてっぺんにいる人間が弧を描いて後方に反《そ》り返り、他の者たちも同じようにして、一番上に立っていた演者が頭をステージにぺったりと押し付けてみせた。

フェアマンが拍手すると、背後からも気の抜けるような湿った手拍子が鳴り響いた。

軽業師たちは、二人一組になって舞台袖に走り込みながら、「見どころがまだたくさんありますよ《ゼアズ・ソー・マッチ・モア・トゥ・シー》」と声を揃えたのだが、客席の背後にもこだましているように思えた。

ステージから人がいなくなるとすぐに、新たな人間がよたよたと姿を現した。酔っ払っているのだろうか？　ステージの中央によたよたと歩いてきた彼は、硬い地面だと思っていたら水に落っこちたという内容のジョークを披露しようとしたのだが、自分がどこにいたかを妻に話すという落ちに辿り着く前に支離滅裂になって、フェアマンには一言も理解できなかった。この喜劇役者のひょろ長い体は、うまく発音しようと苦労すればするほど不安定に傾いていき、意味のわからない身振りがいよいよ大げさになって、ついにはバランスを崩して顔面から転倒した。どうやらこの動作はジョークだったようで、フェアマンは笑わなければいけないと感じ、背後にいる皆もそれに加わった。

喜劇役者がぴょこんと立ち上がり、一度だけでなくもう一度同じことを繰り返すの見て、フェアマンは当惑した。回を重ねる毎《ごと》に彼の言葉はますますしどろもどろになり、フェアマンはワイリーヴの向かいにある風よけの落書きを思い出した。

繰り返しが終わるたびに、その男は倒れ込んでは顔面をぺしゃんこにして、青白い板になったように見える顔面を指差すようになった。フェアマンは、最後に喜劇役者が自分の顔に手を当てて、それがどれほどぺったりしているかを示す場面で、落胆しないようにわざと笑い声をあげざるを得なかった。

「見どころがまだたくさんあります《ゼアズ・ソー・マッチ・モア・トゥ・シー》！」と喜劇役者が宣言して、ジャグラーに道を譲った。


最初のうち、彼女はほとんど痛々しいほどに痩せていたものの、十分普通に見えた。

喜劇役者の演技中、何とも言えぬ調子外れの演奏は静まっていたが、今は再開していた。

ボールやスキットル、ナイフなど、空中に放り投げた物体をキャッチしようとする彼女の腕が、不均等な長さに伸びているように見えるのは、きっとひとえにジャグラーの素早さによるものなのだろう。この錯覚が、不眠のもたらす症状でない限りは。フェアマンは時折、彼女の手自体が不自然に長くなっているような想像を弄んだが、それはたぶん、ステージの照明が思っていたよりも暗かったせいだろう。

彼女はガルショーのスローガンを口にして出番を締めくくり、代わって二人の曲芸師が登場した。そのしなやかさは不気味なほどで、フェアマンは彼らがどうしてこれほどまでに顔を歪《ゆが》めているのかと訝《いぶか》った。口も鼻の穴も、とりわけ目も、あんなに大きく見開かなくても良いだろうに。半分以下でも十分過ぎるほどだ。曲芸師たちが、顔の上半分を黒い布で覆った読心術師に追い出されたのはありがたかったが、彼のアシスタントがフェアマンに向かって人差し指をかなり遠くまで伸ばし、読心術の対象に選んだことは、それほどありがたくはなかった。

目隠しをつけた男は、フェアマンが何かとても大きなものを組み立てているのだと、彼に告げた。フェアマンは――一組の本を揃えようとしていることと、その重要性については言うまでもなく――夢を見ているのかどうか自分でもわからず、頭の中に自分が知っている以上の考えが詰まっているという示唆についても、同様に真実だと考えた。

どうしてこのパフォーマーは、こうしたことを思いつくのに目隠しをせねばならないのかと疑問に思ったが、彼をステージに導いたアシスタントが布をほどくと、男の口の上には青白い肉がのっぺりと広がり、一つきりの鼻孔がピクピク動いているのが見えた。

フェアマンは、男がお馴染みのスローガンを口にした途端、舞台袖に連れて行かれるのを見て、胸をなでおろした。彼がステージを降りるや否や、歌手の一団が登場し、先頭にいた歌手が両生類のように胸を膨らませて独唱を披露した。民謡だろうか、それとも聞いたことのない賛美歌だろうか。フェアマンは、以前にもその歌を聞いたことがあったが、歌詞がよく聞き取れなかったことに気がついた。繰り返されるフレーズは、〝大いなる霊感は、海より来たれり〟というものだった。

フィッシング・フォー・ユーのカウンターにいた女性は、ソリストをサポートするダンスを練習していたのかもしれない。フェアマンはそのダンスを、地元の伝統的な踊りだろうと考えた。曲がりくねった滑らかな動きがちりばめられた、刺々《とげとげ》しいジグダンスで、ステージ上で繰り広げられるパターンは複雑過ぎて、彼にはついていけなかった。

そのメロディーは、楽団が演奏した曲と関連しているようで、まるで催眠術のようなダンスと同じくらい魅惑的だった――あまりにも魅惑的だったので、パフォーマンスが終わりに近づき、音楽が静かになるにつれてダンスの動作が遅くなっていく中、彼は拍手を始めたところで目を覚ました。どれくらい長く眠っていたのか。ステージ上に勢揃いして彼に頭を下げる演者たちの顔ぶれから判断するに、思っていたよりも長く眠っていたようだ。

少なくとも彼が居眠りしていたことで、彼が想像していた光景のいくらかは説明がつくはずだ。たとえどれほどの長さだったかはわからないにしても。

演者たちがステージから降りていく時、目隠しをした男は、アシスタントの腕に指先を乗せていた。観客たちが立ち去っていく音が聞こえた後、フェアマンのすぐ後で、不揃いかつはっきりしない足音がした――フランク・ラントの足音だ。

「私どものことをどう思われました?」

支配人はそう言った。

「この上なく感銘を受けましたよ」フェアマンとしては、そこで切り上げたかったところだが、「皆さんにはお許しいただきたい。私は遅くまで調べ物をしていたので、少し居眠りをしてしまいましたよ」と付け加えた。

「問題ありません、私たちを夢に見ていただいたのでしょうから」

フェアマンとしては、首肯できかねた。彼は、どうして支配人が自分もショーに参加すると言っていたのか質問することもできた――これはどうやら、地元の風習のようだった――しかし彼は、「こんなにたくさん、地元育ちの才能ある人々がいるとは思いませんでしたよ」とだけ言った。

「一部はそうです。一部はよそからきて、居着きました」ラントは人差し指を曲げるというか、丸めて彼に合図した。「エリックにお会いしたいのでしょう」と、彼は言った。

フェアマンは、建物の中にいるのは自分たちだけだと思っていた。確かに観客たちはいなくなっていたが、意味もなく静かにしていたのであれば話は別だ。

自分がこれから出会うのはどの出演者なのか、いささか不安にならざるを得なかった。

ラントが先導してオフィスに入り、あの尋常でなく柔軟な指で再び手招きした。

「エリック、こちらがレナードさんですよ」

デスクの前の椅子から重々しいしなやかさで立ち上がった男は、ソロ歌手だった。

間近で見ると、その広々とした白っぽい顔立ちは、眠気で崩れ落ちてしまわぬように、顎全体を使って支えなければならないかのようだった。彼がごくりと飲み込むと、フェアマンが今にも歌いだしてしまいそうなほど喉が膨らんだ。

「レナード」彼は言った。「君が演じてくれている役割に、個人的に礼を言わせてくれ」

彼の握手は、フェアマンがこれまで交わしてきたどの握手よりもしっとりとしていた。

たぶんそれは、ガルショーの空気と関係があるのだろうが――妙にはっきりしなかった。

少なくとも彼の声は、電話口で聞いた時よりも明瞭だった。

「主役はあなたがたであって、私ではありません」と、フェアマンは言った。「それに、注意力が散漫になっていたことを申し訳なく思っています」

「よくわかっているよ」ヘドンは何かしら感謝の気持ちの籠もった目で彼を見つめ、「歩かないか？近くなんだ」と言った。

ラントが彼らの背後でガラスのドアを閉め、急に暗くなった劇場に入っていった。

ヘドンはショー劇場の脇を通り過ぎて坂を上がり、遊歩道と平行に走る別の人気《ひとけ》のない通りを進んだ。通りには、トール・ボーイ、ロッツ・オブ・ウーマン、スタウト・フェロー、スキニー・ガール、ファット・ラッドといった衣料品店が並んでいた。

フェアマンは、ガルショーの夕食をこのまま食べ続けたら、最後の店のような服飾店を贔屓にする羽目になりそうだと、残念そうに考えた。

店の並びはテラスハウスに変化し、比較的早い時間にもかかわらず、どの店にも明かりがついていなかった。

「ここらへんの人は、睡眠好きのようでね」彼は言った。「皆に必要なんだ、レナード」

フェアマンとしては、以前のやり取りに言及したつもりはなかった。ヘドンの声がさらにはっきりしてきた今、彼が地元の人間でないことは明白だった。

「いつからここに住んでいるのですか？」と、フェアマンは言った。

「結構長くなるよ」

「ということは、あなたは地元の出ではないんですね」

「今はそうだ」

サンドラがそこにいたら、その言い回しを訝《いぶか》しんだに違いないが、フェアマンは「どうしてここに留まったんです？」としか言わなかった。

「君と同じさ」フェアマンが答える前に、ヘドンは続けた。「引退したんだ」

「歴史家だったと聞いていますが」

「今もそうだよ」ヘドンは少し不機嫌そうに付け加えた。「ここには全てがある」

彼は、意味ありげに額をつついてみせた。遊歩道の向こうの霧を輝かせている、灰色がかった弱々しい光の中で、フェアマンは指先が隆起した肉に食い込んでのを想像した。彼は目を逸らし、「本を書くべきですよ」と話した。

「じきに、あれらのものは用無しになる」

フェアマンは時々、インターネットの影響でそれが実現するのではないかと心配になったものだが、文書庫《アーカイブ》で働いている限りはそんなことにならなそうだった。

「ドン・ロザーミアには聞かれないようにした方が良いでしょうね」

「彼は知っている。誰もが知っているはずだ」

フェアマンは、自分は違うと主張する代わりに、「では、ガルショーについて教えてください」

「ガルショーは歴史によって形作られている」

「私たち皆がそうなのだと思いますけれど」

「今のところ、それが一番真実に近い言葉だよ」とヘドンは宣言し、彼に顔を向けた。

まるで、現実とは思えぬほど遠い場所から見られているような気がした。前方の物音に注意が逸れて、ありがたかった。交差点の上り坂の角を曲がったあたりから、舞台上のダンサーが立てる音のような、不規則で柔らかい音が立て続けに何度も聞こえてきたのである。交差点に差し掛かると、照明に照らされた校庭でホップスコッチに興じている子供たちが見えた。見たところ、子供たちが校庭の様々な場所で同時に飛び跳ねるというルールになっているようだ。

「この地域特有なのかな？」と、彼は言った。

「大抵のことがそうさ」

　フェアマンは、男が不条理に思えるほど素っ気ない返答を寄越すのか、その理由を問いただそうかと考えたが、果たして本当にそうなのだろうかと思い直した。ヘドンは、フェアマンが地元のことをよく知っていると買いかぶっているのではないだろうか。

　校庭の柵と、遊んでいる子供たちの影で視界が混乱したのか、子供たちが不自然に高く飛び跳ねたり、グロテスクな姿勢を取っているような気がした。ゲームの様子は、ガルショー・プレイヤーズのダンスといよいよ似通ったものになり、子供たちが息を殺して韻を踏んだ言葉を口にしているような気がしてきた。それは歌というよりも、喜劇役者のわけのわからない未知の言葉を思わせるものだった。

　ヘドンは言った。「あの子たちを気味悪く思わないでやってくれ。あと少しだ」


　事実、彼の自宅は交差点を渡ったところにあった。隣家と同じく背が高くて細く、正面にあるどの窓も狭く押し込まれているように見えた。無造作に舗装された小道が、雑草に覆われた瓦礫の山があるところを除いて、岩場の間を縫って玄関まで続いていた。

　ヘドンは玄関ホールの明かりをつけようとしたが、なかなか点《つ》かなかった。たぶん、電力を節約するためのものだろうが、その光はフェアマンに古い紙を思い出させ、家の中は暗闇に包まれた。

　広間とそこにある上り階段が視界のずっと先まで延びていて、左側の部屋からなけなしの光が漏れているのだが、何の役にも立たなかった。その部屋では、色褪せた肘掛け椅子が黒い鉄の暖炉と向かい合せに置かれていて、ガルショーの写真が何十枚も、くすんで茶色がかった壁に飾られていた——照明のせいでセピア色に染まっているのでなければ、たぶん古い写真なのだろう。

ヘドンが彼をその部屋に案内すると、フェアマンは「昔とあまり変わりませんね」と言った。

「重要なところが変わっているんだ。きみにもいずれわかる」

ヘドンは玄関に留まり、「持ってこようか？」と呟いた。

フェアマンは、このやり取りがあまりにも曖昧過ぎると感じた。「本のことですか？」

「そして、それがもたらす全てのものを」

フェアマンは、語気を強めた。「それが何なのかと聞いているんです」

「知識だよ、レナード君。我々が待ち望んでいたものだ」

ヘドンはそう言うと背を向けたが、全身を一度に背けたわけではなかった。フェアマンは、彼が足音を立てて屋敷の奥に向かうのを見た。たぶん、少なくともさらに一つの明かりを点けたのだろう。大きくて柔らかい足音が聞こえなくなったと思うと、続いてくぐもった音が聞こえたが、それは扉を開けた音なのかもしれない。

フェアマンは、ガルショーのじめじめして澱《よど》んだ空気にすっかり慣れてしまっていたが、この屋敷ではそれがより顕著に感じられ、古紙の匂いにも似た薄暗さに圧迫感を覚えた。

ゆっくりした足音が部屋に近づいてくるにつれて、匂いが強まっているのかはわからなかった。こっそりした足音だったが、予期していたよりも重々しく響いた。これはどうやら、ヘドンが本を大切に取り扱っていることを意味しているようだった。彼はまるで、祭壇に近づく司祭のように、差し伸ばした両手に本を掲げて、部屋に入ってきたのである。

ヘドンは、フェアマンがその本をエクセルシオールの箱に置き、第七巻〝宇宙が示す象徴《シンボル》について〟であることを確かめる様子を見ていた。彼の喉は緊張のあまり繰り返しゴクリと飲み込んでは膨らみ、それを見たフェアマンは「あなたもビリーバーだなんてことはないですよね」と口走った。

「私たちの考えは同じだよ、レナード君」

「あなたのことを聞いているんですよ」フェアマンは言い返しそうになった。何が彼を怯えさせたのはわからなかったが――彼を何かに巻き込もうとしている、遠くを見る視線でないことは確かだった。

「ともあれ」彼は気まずそうに言った。「これを安全に保管するために、僕はそろそろ行きますよ」

「誰も、きみからそれらを奪おうとは思わないだろう」ヘドンは、言葉に重みを持たせようと一呼吸置いてから、「きみは小さな子供たち《リトル・ワンズ》に会いに行くといい」

「小さな子供たち」彼はそう言うと、他人の言葉を繰り返す地元の風潮が伝染ったように感じた。

「この街の若い衆さ。保育園にいるんだ」

「なぜ僕が彼らに会わないといけないんです？」

「きみに会いたがっているだろうからね」さらなる説明として、ヘドンは「フィリダ・バーンズがスプライトリー・スプラウツの経営者で、次の本を持っているんだ」と付け加えた。

「彼女はいつ都合がいいのか、確認した方がいいですね」

「気にすることはない、レナード君。朝のうちに行けばいい。誰も、これ以上きみを煩わせないよ」

ヘドンは本当に、町の他の人々を代表して、こんなことを請け合えるのだろうか。確かに彼は、自分だけの意思で話しているようには見えないが。玄関ホールに出た時、フェアマンは厭わしい巣穴じみた暗闇をちらりとも見ないようにしたが、背後から背中まで暗闇が迫っているのを感じた。それは、誰かに監視されているような印象を強く残す感覚だった。

屋敷の外に出ると、彼はヘドンに礼を言い、人気《ひとけ》のない通りをじっと見つめた。

「心配しないで」ヘドンは彼に告げた。「君ほど安全な人間はいないよ」

子供たちはまだ、校庭で跳ねたり踊ったりしていた。周囲の静寂が子供たちの足音を増幅して、妙に緩く、はっきりしない音に変えていた。フェアマンは校庭の方を見ないようにして、遊歩道へと坂道を下った。遊歩道の向こうには、埃っぽい蜘蛛の巣のような色彩の霧が、巨大なカーテンのように垂れ下がっていた。彼は街灯をフットライトに用いたステージを思い浮かべ、ショー劇場のカーテンの背後から聞こえてきた、落ち着きのない先走りの音を思い出さずにはいられなかった。もちろん、霧の背後に何かいるとしたら、それは月以外にはありえない。

ゲームセンターは暗く、静まり返っていた。月明かりのような街灯の輝きが、ビーチの大部分を覆い隠している霧に、さらなる実体感を与えているようだった。プラスチックのクッションが散乱しているのを除くと、見える範囲に人影はなかった。浜辺の居場所を確保するために、人々が置いていったのだろうか。そういえば、ホテルの近くに女性がクッションを置いていくところを見たことを思い出し――そして、その物体がクラゲだと気がついて、自分の勘違いにさほど愉快でない笑みを浮かべた。

そのクラゲは、彼が知っているいかなる種にも属していなかった。たぶん、バイウッド水族館に展示されるのに相応しい珍しい生き物なのだろう。まるで、ヴェールに包まれた海から這い上がってきたばかりであるかのように、青白い光の中で輝いていた。

フェアマンが遊歩道を進むにつれて、それらの上を漂っている霧によって湿っているのが見えてきた。そこには数十体ものクラゲがいて、いずれも彼の腹部と同じくらいの幅があった。その姿は、剝き出しになった平べったい灰色の脳を思い起こさせたが、厭わしさを覚える点はそれだけではなかった。それぞれが、まるで這い進むための補助に用いるかのように、半透明でたるんだ背骨に似た、ゼラチン状の触手を伸ばしていたのである。触手の多くは、さらに形を整えようとしていて、胎児の手を思わせる膨らみが突き出しているようだった。フェアマンは、小さく広がった指すら見分けられるような気がし始めた。人間の手にあるべき指の数よりも少ないものもあれば、不愉快なほど多いものもあった。

彼はホテルに向かって足早に歩きながら、遊歩道に注意を集中しようと必死になった。ようやく、不活発で不格好な肉塊《にくかい》の全てを背後に置き去りにできた。指のような突起のいずれかに、灰色の爪があるのを見たはずなどないし、ゼラチン質の塊《かたまり》が原始的な顔に見えなくもない特徴を盛り上げ始めたのをちらりと目にしたなどと考えたくもなかった。

本を読んで時間を過ごし、その後はひたすらに眠りたかった。今現在、彼は自分の思考を制御できなくなっていたので、浜辺に打ち上げられた生き物は死んだふりをしているだけだという考えを振り払わねばならなかった。背後や下方のどこかから、ずるずるいう音が長いこと聞こえていて、浜辺の波の音に違いないと思いはしたが、彼は肩越しに振り返った。霧が押し寄せてきて、クラゲがいた場所を隠した時、浜辺には全く何もなかったことを確信した。

先を急ごうとした時、再び何かが動く物音が聞こえた。音源は近く、防波堤の基部のあたりのようだった。フェアマンは冷たい手すりを摑んで身を乗り出すのを堪えて、遊歩道を横切った。街灯に照らされるホテル街を急ぎ足で通り過ぎながら、彼はちらちらと背後を窺った。浜辺から上がってくる斜面の数カ所に、灰色のずんぐりした塊《かたまり》が、ほとんど平べったくなるほど蹲《うずくま》っているような気がした。

顔にスカーフを巻いているので誰かはわからないが、ワイリーヴの向かいの風よけに人が座っているのが見えた時は嬉しかった。「防波堤」と、彼らのくぐもった声が呼びかけた――いや、きっと彼らは、そんな風に背後を窺わず、ぐっすり眠るようにと言っているのだろう。彼らが輝く額を突っつかないままでも、左手を挙げて手を振っている間に、フェアマンはホテルへ足を踏み入れた。

ロビーと二階の廊下以外は真っ暗だった。その静寂は、息を止めた時のような期待感を感じさせて、いつも以上に配管の音を立てるように促した。

自分の部屋に閉じ籠もっている間にも、落ち着きなく動く音を聞いた気がした。その音はあまりにも大きく不明瞭で、波の音に違いなく、近くの部屋が全て埋まっているという兆候でもないはずだ。

それでも、最新の本を手に座った時、彼はヘドンの励ましの言葉を思い出さずにいられなかった。

「我々は皆、転成する宇宙をうつろう象徴《シンボル》にすぎない。象徴《シンボル》が象徴《シンボル》を読むことができようか」

たぶんこの本は、それをいかに可能にするのかを伝えているのだろうが、フェアマンは、この文章と同程度に飾り模様《コロフォン》もわかりにくいと感じていた。指先でなぞって初めて、空白ではなく不規則な模様が一続きの円が描かれているとわかるもので、秘密の図形ないしは図柄を形成するのかもしれない。

「古い踊りは古代のパターンを呼び起こし、黙示が間近に迫ることを祝う……」

これは比較的理解しやすい文章の一つだったが、それでも要点を完全には理解できていないと感じた。

「最も強力なのは転成の言葉である。それは発せられた時、声と口を形作り、それを理解しようとする脳を形作らせる。人間の唇は創造の言語を全く発音できないわけではないのだが、脳は宇宙の創造を再発見するためにも、通常の形態を捨て去らねばならない……」

ここから先は、普通の読者には理解不能な言語で書かれているも同然だった。フェアマンがようやく本を閉じた時、彼はその記憶を既に忘却しつつある夢であったように感じ、その詳細は心の奥底の手の届かないところに沈んでいった。

窓から見える景色が、夢なのだと思いたかったのかもしれない。風よけの住人たちは、スカーフで顔を完全に覆っていて、両手を膝の上にだらりと置いているのだが、白っぽい手袋の中には指が入っていないように思えた。頭にたなびく髪は束ねられ、まるで蠟細工のような彼らの姿を際立たせていた。

動き続ける霧が彼らの輪郭をぼやけさせ、どちらを向いているのかすらわからなかった。青白い頭はおそらく全て禿げているのだろうが、誰もが海に背を向けているような奇妙な印象を受けた。

その光景に耐えきれず、彼は寝床に入った。


夜の思考が彼を待ち受けていた。彼は大聖堂のように巨大で棘々した怪物じみた姿が、大地を穿《うが》ち、潜り込んでいくのを目にし、それから時間の感覚が完全に消え去った。星霜を重ねるにつれ、地形が変化して湖が形成された。湖の住人が、それの夢想に触発されてふらふらとやってくる者たちによって、途方もない休眠から目覚めるまで――少なくとも同じくらいの期間、誰も訪れなかったらしい。

住人は、棘を通してその本質の痕跡を侵入者に注入し、束縛するという荒っぽい方法を見出《みい》だした。

フェアマンは、この比較的現代的な伝説にまつわる噂を聞いたことがあり、それはエイリアンによる誘拐の物語の変形だと考えていたが、今となっては『黙示録』の各巻が彼の頭の中で相互に対照され、注釈が加えられているように感じられた。

ある時点で、その存在は傷つき、湖の底の聖域に引きこもった。長い年月を経て、それは枯れ果てて、自身の種子に過ぎない状態にまでなっていた。しかし今、その原初の実体を取り戻し、大地に棘を伸ばしているようだった。それとも、これはまた別の何事かを象徴しているのだろうか――それがいかにして世界に侵蝕したのかを示す、ヴェールに隠された物語なのだろうか。

これはただの夢だと、フェアマンは自分に言い聞かせた。というよりも、もしも眠っていたなら、夢として見ることになったのだろうだろう。ある時点で、彼は陽の光で目が覚めた。

灰色がかった光だけでなく、寝言を呟いていたのではないかという疑念さえもあった。

夜の間に思いついたことがあったので、彼は金庫に視線を向けた。もっと入念に調べるのだ。

化粧台に本を並べ、最初の本の巻末の遊び紙を開いた。はあっと息を吐き出すと、改めて目が覚めたような心地になると共に、鏡に映る自分の目が見開かれるのを見た。

その本はもちろん、他の全ての本にも、巻末の遊び紙に注釈が書かれていたのである。

彼が以前に見た追記部分とは筆跡が異なっていたが、見た目は似通っていた。最初に見たものよりも、さらに緩い筆跡で走り書きされていた。たぶん、筆者は酔っていたか、半ば眠っていたのだろう。

「魔術師《メイジ》は言葉を口にしたり、頭の中で形作ったりする必要はない。なぜなら、それらを読むことで魔術師《メイジ》はその力の導管となるからだ」

これは〝呪《まじな》いについて〟に追記されていたものだが、〝夜の目的について〟には「夜を受け入れよ。さすれば古き夢の数々が陽の光のもとを歩けるようになる」とあった。

そして、〝星界の秘密について〟もまた、さらなる智慧のかけらを獲得していた。

「星々ではなく、その彼方の深淵を見つめよ。そこに、気慰みに世界を萎縮させる永遠の監視者たちを垣間見ることができるやもしれぬ」

フェアマンはその時、ドアをノックする音――というよりも、緩く平板な音の連続に気を取られた。

「フェアマンさん？」ジャニーン・ベリーが呼びかけた。「レナード？」

思いのほか唇が動かしにくく、本の向こうで形を作ろうとしているのが見えた。

「ちょっと待って」と、彼は不明瞭な発音で言った。

「焦らないでいいわ。忙しいのはわかってるから。朝食をいつでもどうぞって言っときたかっただけ」

陽光が遮られているので、時刻を推測できなかったが、時計を見るともう一〇時近くになっていた。

「長くはかかりません」と彼は声を張り上げ、鏡の中で唇がその言葉を真似た。

女主人が去っていく音を聞かずに、彼は次の本に目を向けた。注釈によれば、『黙示録』にはグラアキが宇宙をどのように宇宙を彷徨ったかが記されているということだった。

「彼《か》のものの大いなる精神が船を導いたが、その彼《か》のものですらもその甲殻を形成した死せる都市の住民を蘇らせることはできなかった。人類より遥かに古い都市とその秘密は、船が地球に落下した時に破壊された」

次巻の巻末の走り書きは、この主題を引き継いでいるようだった。

「グラアキの使徒たちは、ディープフォール・ウォーターの深みにある死せる都市について記述してきたのだが、彼《か》のものの伝導者の誰一人として、より大きな驚異を理解していない。消えた都市の幻影こそは、彼《か》のものが夢を通して自身の領域を形作る力の顕《あらわ》れに他ならないのだ」

「やれやれだ」と、フェアマンは呟いた。双子の兄弟と同時に本を閉じると、彼はそれに背を向けて、三冊の本を金庫に運んだ。はたして、注釈から学べたことがあるのだろうか。フェアマンには、本が独り言を言っているようにも感じられた。

彼は他の本も金庫にしまい込むと、バスルームに向かった。

先ほど、誰かが入ったところなのだろう。鏡は曇っていて、浴槽の排水溝に水が流れ込む音がした。

フェアマンは、隣室の水音で用を足す音を誤魔化し、着替えてから階下に降りていった。

窓の外には霧が立ちこめ、浜辺が目覚めたように見えた。彼が窓際の席につくかつかないかというタイミングで、ベリー夫人が朝食のトレイを持って現れた。

皿と他の品々を彼のテーブルに並べながら、彼女は「昨晩は劇場で会ったわね」と言った。

フェアマンは、ホテルの向かいにある風よけの住人の姿に気を取られていた。ひょっとすると、彼らは一晩中あそこにいたのだろうか。彼らの顔は隠れたままで、体調が悪いのでなければ眠っているのかもしれなかった。中の一人が膝の上で手袋の指を曲げているのを見ながら、フェアマンは「演《だ》し物はどうでした？」と言った。

「あなたがどう感じたか、それが全てよ」

「そんなことはないでしょう」彼の返答が、彼女の視線をさらに奥に追いやったようなので、フェアマンは「あの人たちの技量の高さには否応なく感心させられましたよ」と言った。

「あなたはまだ半分も見ていないわ」

どう答えればいいものやら、わからなかった。周りのテーブルが空っぽだったので、彼は「ご迷惑をおかけしてすみません」と呟くように言った。

「そんなことないわ、レナード。私たちのみんながそう」

「僕が言っているのは、皆さんが終えた後にこうして食事を取ってることです」

「違うわ。あなた一人しかいないのよ」

「他のお客さんは食事をされていない？　誰かが僕の前にバスルームを使ったみたいですよ」

ベリー夫人は一瞬だけたじろいだ。「どうして、そう思ったの？」

「中が曇っていたんですよ」

「霧が入ってきたんでしょうね」彼が反論する前に、彼女は言った。「あらまあ、食事の邪魔をしているみたいね、私としたことが」

彼女は足音を立てず、しかし足早に立ち去り、フェアマンが最後の一口を飲み込む頃に戻ってきた。まるで動物園の動物たちの真似でもしているように、のろのろとジョギングする人たちを、フェアマンは眺めていた。前足のように拳を突き上げている人もいれば、猿のようにかがんで腕をぶらぶらさせている人もいた。

「私たちは皆、体型を維持しなくちゃいけないのよ」と、ベリー夫人は言った。

フェアマンは肯定の返事を返す代わりに、「フィリダ・バーンズの居場所を教えて下さい」と言った。

「もちろんよ。この街の一番小さな子たちに会えるわね。あの人は、ヘイヴン・ウェイにいるの」

「一番小さい子たちということはないでしょう。病院にいるでしょうから」

「ガルショーにはそんなものはないわ」

「ええとつまり、一番近くの産院ってことです」

「私たちは街の中で済ませることにしているの。ガルショーの女性には、そんな設備は必要ないから」

「必要な人もいるはずでは？」

「私たちが産み落としたものが、そういう助けなしに生きていないようなら、意味がないの」

フェアマンは、これがどの程度自身の経験に基づく話なのかどうか知りたくもなかったので、コートと次の本を収納する段ボール箱を持って、足早にホテルから出た。風よけの老人たちは、顔の一部を露出させていた。少なくともスカーフが目の下に垂れ下がっていた。

彼らは「ごきげんよう《グッディ》」と声をかけてきたのだが、この二音節があまりにくぐもっていたので、聞き慣れない言葉に聞こえなくもなかった。

これまでにも増して、陽光が遮られていた。氷のような円盤状の太陽が輝くのが一瞬だけ見えたが、まるでゼラチンに飲み込まれでもしたかのように、海上の霧の壁の中に消えていった。遊歩道の向こうにクラゲは見当たらなかったが、最初に目を向けた時、浜辺に立っている人間の中に、くるぶしまでクラゲに浸かっている者がいるという、グロテスクな錯覚を覚えた。もちろん、人々はプラスチックのビーチシューズを履いているのだが、足が半透明に変色し、腫れ上がっているように見えた。

彼が歩いている脇道は、どうやら美容院とジムを兼ねているらしいガルショー・フェイス&ボディの横を通り過ぎて、上り坂に続いて。たぶんここが、地元の人たちが日焼けをするところなのだろうが、最近はそういう人をあまり見かけなくなっていた。以前目にしたジャニーン・ベリーやフランク・ラントの日に焼けた肌ですら、そんな見せかけは必要ないと言わんばかりに、色褪せ始めていた。

坂はそれほど急ではなかったが、てっぺんに着く頃には体がだるくなっていた。角を曲がってそう遠くないあたりに、もともとはホールか何かだったのかもしれない、灰色で長い一階建ての建物――スプライトリー・スプラウツがあった。外壁には、漫画じみた絵柄で大きな動物が描かれていたが、フェアマンが見覚えのある種ではないようだった。ミニチュアのクライミング用具や幼児向けの乗り物が用意されている庭の門を閉めると、「お客様がいらっしゃいましたよ。さあみんな、しっかりしてね」という女性の大声が聞こえてきた。彼は気恥ずかしさと、自分がある種の脅しとして利用されていることへの憤りを感じた。明るい黄色のドアに向かおうとすると、豊満な女性がドアを勢いよく開けた。ふっくらした茶色のガウンが、彼女の大きな胸から足元までまっすぐ垂れ下がっていて、彼女が一歩足を踏み出すと、ガウンの中で胸が震えるのが見えた。ぽっちゃりした顔も震えているようで、大げさな笑顔の端がぴくぴくと動き、小さな目は閉じかけて、灰色がかった鼻孔が大きく開いていた。

赤褐色の髪は左寄りの位置で分けられ、左右対称のウェーブで顔を縁取っていた。

「フィリダ・バーンズです」と、彼女は子供たちに話しかけた時とさほど変わらない、力強い調子で言った。「お会いできて嬉しいですよ、フェアマンさん」

ガルショーでお馴染みのじっとりした握手を交わすと、彼女は全身を震わせるようにせかせかと動かして、彼を門戸の中に誘《いざな》った。「儀礼は無用よ、フェアマンさん。みんなあなたを待っているわ」

数十着の小さなジャケットやオーバーコートが掛けられているロビーの向こうから、子供たちの声が聞こえてきた。彼が後ろ手にドアを閉めると、騒ぎはますます大きくなり、甲高い声になった。

たぶん、緊張の表情を浮かべていたのだろう。フィリダ・バーンズが目をぱちぱちさせた。

「子供は好きじゃないかしら？」

「私は子供にとんと縁がありませんでね」

「たぶんだけど、もっと子供たちと接するべきでしょうね」

そう言いながらも、彼女には自分が差し出口を聞いているという自覚が、多少はあるようだった。

「私たちは、あなたがこれまでにどれだけのことをしてきたか知ってるわ」

返事を待たずに、彼女はクロークの向かいのドアを開けた。フェアマンが思い切って部屋に入ると、賑やかだった子供たちの声は小さくなり、言葉にならない音がいくつか聞こえてきた。幼児のほとんどは小ぶりの机についていたが、数人の子供たちは――必ずしも一番小さな子供たちというわけではなかったが、木の床の上に敷いたプラスチックのマットに寝そべっていた。子供たち皆がフェアマンを見つめていて、彼は自分が一つの精神《こころ》に注目されているという不穏な感覚を覚えた。

「私たちは、若いうちから始めたいの」と、フィリダ・バーンズは宣言した。「学ぶのに若すぎるということはないし、年を取りすぎているということもありませんしね」

教室の雰囲気のことを言っているのだろうと、彼は考えた。幼児たちのかなりの数は過度に太っているようだったが、不健康なほどに痩せている幼児もいた。

フィリダ・バーンズが「ダイアン」と呼んだ時、彼は何も言わなかった。ダイアンは彼女と同じようにがっしりしていたが、もっと締まりのない体型で、同じようなガウンを着ていた。

フェアマンは、彼女の髪形が同僚の髪形と似ているのを見て、戸惑いを覚えた。

「みんな、フェアマンさんに絵を見せてあげてね」と、彼女は促した。

おそらく、子供たちは最近動物園に行ったか、森を散歩するかしたのだろう。その絵は、ハリネズミのようなものを表現しているらしかった。うつ伏せになった幼児たちも、大きな紙に棘だらけの下手くそな絵を描いていた。

「どう思います、フェアマンさん？」と、フィリダ・バーンズが大声で言った。

「とてもいいね」熱意が足りないように聞こえたかもしれないので、彼は「全部」と付け加えた。

「ほらほら、子供たち。うまくなっていると思ってくださったみたいよ」

そうは言うものの、彼女は彼の反応に落胆したようだった。

「他に何か見たいものがある？」

「差し支えなければ、ここに来た目的の方を」

彼女とダイアンが子供たちに視線を向けたので、フェアマンは「本です」と言った。

「私が持ってきます。持ってくるから、その間、彼の相手をしてちょうだい」

フェアマンには、彼女が同僚に話しているのか、子供たちに話しているのかわからなかった。

フィリダ・バーンズが部屋を出ると、ダイアンが言った。

「彼のために何を見せてあげたいの？　彼のために何をしてあげましょうか？」

何かの言葉を含んだざわめきが聞こえた後、一人の男の子か女の子が「あるく」と声を張り上げた。

「そうね、あなたはそれが得意だわ」と、ダイアンは即座に言ったので、フェアマンは彼女が子供たちを威圧しているのだろうかと訝《いぶか》った。

「フェアマンさんに、あなたたちがどれくらい上手にできるのか見せてあげなさい」

机の子供たちは、茶色のオーバーオールをはためかせて一斉に立ち上がったのだが、数人の背が高いことにフェアマンは困惑した。歩くのが困難なのか？　だから、この女性はそれを重視したのだろうか。それとも、子供たちが複雑な歩き方で彼の方に歩いてくるのを実演したいのかもしれない。

マットの上にいた子供たちが頭を上げ、プラスチックをバサバサと鳴らしながらもがき始めた。

「いいわ、行きなさい」ダイアンは彼らに言った。「ハイハイして」

他の子供たちが彼の方へすり足で歩いたり、飛び跳ねたり、横歩きをしたりしている間に、彼らはハイハイを始めた。この子供たちは皆、彼が先程目にしたビーチシューズと似ていなくもないスリッパを履いていて、部屋中に這いずり回る音が鳴り響いた。子供たちの視線が全て彼に注がれ、特に彼の足元にいる幼児たちの視線は、努力で膨らませたわけではないにせよ、熱意で大きく見開かれていた。

子供たちは彼に触れる寸前で止まると、巧みに後ずさりした。その様子は、ある種のダンスを思い起こさせた。床の上を這っている子供たちでさえ、様々なやり方で体をくねらせていた。

「その調子で続ければ、ステージに立てるよ」と彼は言った。

どうやら、その言葉は彼らの聞きたかったものではなかったようだ。彼らは柔らかくゆっくりした足音にほとんどかき消されそうな唱歌をぼそぼそと口にしながら、彼を周囲をぐるぐると回った。

彼らの目はかなり飛び出し気味で、液体の噴出を思い起こさせた。

ダイアンをちらりと見たが、彼女はずっと後ろに立っていて、他の子供たちと同じく遠巻きに彼を眺めていた。フェアマンは、彼女に止めてくれるか頼むか、さもなくば自分で止めるかしようとした——子供たちの複雑な動きに混乱し、何人かの演者の姿をほとんど判別できなくなった——その時、床に横たわっている演者も含め、全員が一斉に動きを止めた。フィリダ・バーンズが部屋に入ってきたのだ。

「これが彼の本よ」と、彼女は言った。

代名詞をそれほど強調する必要はあるのだろうか。子供たちの反応は、彼をさらに驚かせた。子供たち全員が口を丸めて本に手を伸ばし、ハイハイしている子供たちでさえもそうだった。自分たちのために包装を解かれたプレゼントを迎えるような叫びがあがり、ほとんど耳が聞こえなくなるほどだった。

「これはきみたちのためのものじゃないんだ」と、彼は思わず口走った。「他の本があるだろう」

不意に、身震いが起きた。まるで、物理的な力に迫る否定を、集中的にぶつけられたようだった。

その感覚が薄れていくと、フィリダ・バーンズは彼を非難しているとしか思えない瞬《まばた》きをしてみせた。

「フェアマンさんは、これを他のものと一緒にしなくちゃいけないの」と、彼女は言った。「そこで、生き続けさせるためにね」

「さあ、元の場所に戻りなさい」と、ダイアンが言った。

伸ばされた手が引っ込み、幼児たちは足を引きずりながら机に戻り、うつ伏せの子供たちもマットへ這っていった。全ての子供たちが、彼が部屋に入った時と同じ姿勢に戻ったかどうかはわからなかった。

ドアに向かおうとしたが、フィリダ・バーンズが「言いたいことはある？」と呟いた。

彼が本を手にした時、彼女は放そうとしなかった。彼女の手の中にある本の表紙は、湿っぽくてしなやかにすら感じられた。

「大切にしてくれてありがとう」たぶん、子供たちに見せつけようとしたのだろう――フェアマンは、「そうしてくれたみんなに感謝します」と言葉を続けた。

フィリダ・バーンズは遠くを見るような視線を彼に向けていたので、感情を読み取れなかった。

「時が来れば、もっと話してくれるでしょうから」と彼女は言って、本を手放した。

彼女はまだドアのところにいて、横をすり抜けられるような隙間はなかった。これ以上の何かを期待されているのだろうかと、嬉しくない気持ちで考えていると、ダイアンが口を開いた。

「フェアマンさんに何て言えばいいのかしら？」

背後で、息を吸い込む音が聞こえた。そのあまりの大きさに、自分が部屋いっぱいの子供たちの声を聞いていることを思い知らされた。しばらく沈黙が続いた後、彼らはほとんど合唱のように間があってから、彼らは合唱のように声を合わせ、聞き間違えようのないほど明瞭な発音も混ざっていた。

「見どころがまだたくさんあります《ゼアズ・ソー・マッチ・モア・トゥ・シー》！」

「よくできました」と、フィリダ・バーンズが言った。「どれくらいあるかはわからないけれどね」

フェアマンには、この言葉が何を意味するのか、そもそも自分に向けられたものなのか、見当もつかなかった。フィリダが一歩後ろに下がったので、フェアマンがその脇を通り過ぎると、彼女は目をさらに小さく歪め、まっすぐ引き結んだ唇を震わせて微笑みらしきものを浮かべた。

本を梱包するのに手間取りながら、彼はこう聞いた。

「次にどこに行けばいいか知っているかい？」

「もちろん。お望みの相手は、スティルウォーターのバーナード・セドンよ」

「どういうところかな？」

「私たち皆がそのうちに行くところよ」その説明がいささか素っ気ないと思ったようで、彼女は後から「葬儀場」とだけ付け加えた。

「行き方を教えてくれると思いますが」

「お嫌でなければ、まず電話してみてください。あなたにこれ以上、迷惑をかけるつもりはないことは確かですが、別件で取り込み中かもしれませんから。最近も、何人かお世話になっているんです」

フェアマンは、彼の代わりにあれこれ手配りをしてくれた町長に感謝すべきだろう。

フィリダ・バーンズは、彼が電話をかけられるよう、番号を暗唱してくれた。ベルが鳴り始める前に、今しがた出てきたばかりの部屋から、歌か詠唱のざわめきが聞こえてきた。

女性の声がベルの音を遮った。

「スティルウォーターです。どんなご用件でしょうか」

「バーナード・セドンさんをお願いします」

「フェアマンさんでいらっしゃいますか？　バーナードは今、亡くなられた方の相手をしていまして」

「いつなら彼に会えますか？」

「申し上げた通り、あの人は教会におりまして。今日の午後までは、故人のもとを行ったり来たりしているでしょうね。三時までここにいると伝えて欲しいと、申しつかっていますよ」

「三時ですね。万一遅れた時のために、私の電話番号をお伝えします」

「彼は待っていますよ、フェアマンさん。がっかりさせるようなことはしないつもりです」

彼女の声に密やかにこめられた敬意は、仕事柄のものなのだろう。フェアマンが携帯電話をポケットに入れると、フィリダ・バーンズが言った。

「仕事を後回してあなたに会うよう、頼むこともできたのに」

「彼と直接話したわけじゃないですから、そうすべきではないと思いますよ」

何とも説明のつかない重苦しい雰囲気を和らげようとしたのだが、彼女が「私たちは皆、声を持っているのよ」と言ってくる前に、言葉選びを間違えたと思った。

これが叱責だとしたら、彼にはその理由が理解できなかった。

フィリダ・バーンズは「もう、あなたのものなんだから」と呟いた。「大学のものですよ」とフェアマンは言ったが、遠くを見つめる彼女の視線が、これまで以上に彼を戸惑わせた。


遊歩道に向かう途中で、ガルショー・フェイス&ボディの前を通った。住民たちのいかつい体型からして、需要は十分にありそうだった。どこにも向かわない自転車の上で体を前後に動かしながら、腕と、それに続けて足を伸ばしている人たちがいた。彼の知らないセラピーか何かなのだろう。ベルトコンベアの上を走ったり、大股で歩いたりしている人たちもいた。フェアマンは、彼らがそれぞれのペースではあるだろうが、足を勢いよく伸ばしすぎているように思った。スプライトリー・スプラウツから聞こえてくる不明瞭な詠唱が、エクササイズの原動力ではないにせよ、伴奏になっているのではないかとも思い浮かんだ。別の窓からは、何かしらのフェイシャル・トリートメントを受けるために、ベッドに仰向けに横たわっている女性の姿がちらりと見えた。もちろん、オーバーオールを着用した図体の大きなマッサージ師が一緒にいて、客の顔にタオルを被せていたのだが、彼女は青白い顔面を揉みほぐして、顔の特徴を押し出しているように見えた。

フェアマンはその光景を長いこと眺めようとはせず、急ぎ足で坂道を下りていった。

霧の中から、海が姿を現していた。かなりの数の人々が、足首まで水に浸かっている一方で——先ほどその道を通り過ぎた時から、動いていないようにも思えた——遊歩道の近くに集まっている人たちもいた。灰色がかった光は、まるでゼラチンで濾《こ》されているみたいで、露出している全ての地肌に、クラゲを連想させる不快な色合いを与えていた。

霧の中からかすかな歌声が聞こえてきた。フェアマンは、その歌声が海の向こうのどこかから聞こえてきたのだろうかと想像しかけたが、やがて、霧の向こうの教会から聞こえてくるのだろうと考えた。会衆が、バーナード・セドンの取り仕切る葬式で歌っているのに違いないが、会葬者たちはひょっとすると踊っていたりするのだろうか。聞こえてきた歌があまりにも途切れ途切れだったので、フェアマンが聞いたことのある歌なのかどうかは確信が持てなかった。

ワイリーヴへの道を進んでいくと、風よけの住人が左手を挙げて、一人の男が声をかけてきた。フェアマンの名前を呼んだわけではなかったが、彼は「何と言ったんです?」と聞き返した。

「急ぐ必要はないと言っとるんだ、坊主」

誰が最初に発言したのかも、今発言したのが誰なのかも、フェアマンにはわからなかった。スカーフ越しに「すぐに全員があそこに行くでな」と言ったのは、三人目だったかもしれない。

「わしら全員がな」と、別の者が言った。

フェアマンは、孤独な老いた意識からただ監視されているだけでなく、話しかけられたような、厭わしい印象を受けた。たぶん彼らは、葬儀のことを考えていたのだろう。

「仰る通り、急ぐ必要はありませんね」と彼は返答したが、足を早めてホテルに向かった。


受付には誰もおらず、建物は霧のように静まり返っていて、部屋から見える外の景色ほどの人影がなかった。窓の外を見ると、風よけの老人たちが彼に挨拶した。まるで霧を遊歩道に引き寄せようとしているかのように、波が浜辺を這うように進んでいた。暗い霧の中で落ち着きなく動いている人々全員が、自分の方を向いているとは、想像もしなかった。

彼は窓から離れ、紙の巣箱から最新の獲物を取り出した。

「もう少しで全部揃うぞ」と、彼は言った。

それは、第五巻〝蛹《さなぎ》としての人類について〟だった。一見したところ、飾り模様《コロフォン》には筋肉のついた骨格と、その横に体の断面が描かれているらしく、彼は解剖図だと考えた。だが、骨格の姿勢からすると、骨が自らの意思で飛び出したようにも見え、骨ばった笑みは、必要以上にわざとらしかった。眼窩には眼が収まっているのだろうか。ガルショーで何度も遭遇した遠くを見る眼差しを思い出しながら、彼は巻末を確認した。見返しは白紙だった。そのせいで、妙な話だがこの本は未完成のように感じられた。本文を読みたくてたまらなかったので、電話をするのが億劫だった。

「レナード」と、ネイサン・ブリッグハウスの声がした。「あまり聞きたくはないんだがね」

「明日までに終わると考えてもらっていいと思う」

「土曜日か」ブリッグハウスは、フェアマンが時間の感覚を失っているかもしれないと考え、そう言ったのかもしれない。「月曜日には必ず出てきてくれ」と、彼は言った。「そこで話し合おう」

「もちろん、最善を尽くすとも」

「それくらいは当然だとも」ブリッグハウスは、この言葉をフェアマンに飲み込ませようとしばらく間を置いてから、こう付け加えた。

「きみのキャリアのこの段階で、考査が必要だとは思いたくないのだがね、レナード」

「なら、やめてもらいたいね」フェアマンはそう言ったが、それは電話を切ってからのことだった。

彼はまだ、電話をかけることよりも、自分と双子の鏡像が手を置いている本の方が気になった。とはいえ、サンドラに状況を報《しら》せておくべきだった。

彼女が電話に出るとすぐに、彼は「僕だ」と告げた。

「そうみたいね、レナード」彼女は、電話番号が表示されていることを言っているのだろう。

「まだ終わっていないの？」

「そんなこと、誰が言った？」

「誰でもないわ。あなたの声がそう言ってるの」

「偶然だけど、きみの言う通りだ」フェアマンは、状況に翻弄されているという感覚を振り払おうと、「まとめにかかっているところなんだ」と言った。

「あと何冊あるの?」

「きっかり二冊だ。ネイサンとも話したけれど、週末はこっちに泊まった方がいいと言ってる」

「本さえあれば、誰かと一緒にいる必要はないってわけではないと思いたいけれど」

「これからだって、読む本はあるさ」そう口にして、彼はすんでのところでサンドラが言外に伝えたいことに思い至り、「きみもちょっと足を伸ばしてくれるなら、大歓迎だよ」慌てて付け加えた。「そう言うのは、僕だけじゃないと思うよ」

「町のことにずいぶん詳しいみたいじゃない、レナード?」

「彼らとしては投資のつもりなんだろうがね。でも、ここのことはかなり摑めたと思うよ、うん」

「子供の頃の夢に出てきたような場所なんでしょう?」

「どうあれ、それ以上のものだよ。見どころがまだたくさんあるんだ」

冗談で口にしたのだとしても、彼女には通じないことに気がつくべきだった。

「少なくとも住人にはね」と、彼は言った。

「何を言っているの?」

「最初のうち、住人の中には少し奇妙な人がいると思ったものだけど、たぶん、僕の方が変わり者なんだろうね。きみが出会う人たちは皆、歓迎してくれるはずだよ」

「それは、シーズンオフだからかしら?」

「彼らの気持ちは十分本物だと思うよ。このあたりでは、自分の意見をはっきりと言うんだ。今朝もその一人に説教されたよ」

「あらまあ」サンドラの声音に、面白がっているような、さもなくばその気になっているような響きが混ざった。「何て言われたの、レナード？」

「ある女性に、もっと子供に関心を持てと言われたよ」

「ふうん」どうやら、これは楽しめなかったようだ。「そうするべきかもね」と、サンドラは言った。

「きみがそんな風に感じているとは知らなかったよ」

「たぶん、あなたが私について知らないのは、それだけじゃないわよ」

「なら、週末にこっちに来てくれれば、それを知るチャンスになるのかもな」

「明日は特に予定がないんだけど」彼女は、自分の決断について彼に考えさせるためか、それとも説得を試みようとしているのか、一呼吸置いてからこう言った。「わかった、朝一番の電車に乗るわ」

「駅で会おう。予定を空けられるか確認するよ」

フェアマンはそう言いはしたが、「本のせいで遅れることになったら、連絡するよ」と付け加えるのが良いだろうと考えた。そんなやり取りをするうちに、読書を再開したくなった。遠くを見るような視線を鏡の外に向ける姿が、彼の焦燥感を倍増させた。

「楽しみにしているよ」と彼は言って、本を開こうと携帯電話を手放した。

「妖術師《ソーサラー》に肉体が必要だろうか？　夜ごと、彼の本質は湧き上がり、歓喜のために飛び回る……」

この巻と、この文章に続くページが、何とも食い足りないことに彼は驚いた。たとえその内容が入門者向けのものだとしても、不必要なまでに伏せられているように感じられた。

「さらに奇異なることは、妖術の申し子の身に起きる変異で、肉体の死を待つにしても、あまりに性急な変化なのだ……」

この文章は、彼の経験からさらに遠く——目をあげるたびに、彼の視線を待ち受けている鏡像の視線と同じくらい遠く——かけ離れたものだと思えた。おそらく、この巻の文章全体が象徴的なのかもしれないが、その場合、彼にはそれを解釈する知識が欠けているのだろう。それは、彼がまだ手に入れていない巻の中にあるのだろうか？　順番通りに読めていないという感覚に、あまりにも大きな苛立ちを感じたことについて、彼は我がことながら驚きを覚えた。

「変異した者の中には、力ある言葉を発音することにで変化を遂げた者もいる。その言葉自体が、話者がそれを発せられるよう、話者の身体を形作るのだ」

声に出して読むと、理解しやすくなるだろうか？　そんなことをすれば、ホテル内の誰かに聞かれるかもしれないし、そんな馬鹿げた夢を見たりでもしたら、屋外の誰かに聞かれてしまうかもしれない。

「最も強力なのは、〝古のもの《エンシェント・ワン》〟が自らのものとした領域の裡《うち》に住まう人々を襲う変異だ。〝古のもの《エンシェント・ワン》〟が彼らの心を占めると、その土地そのものが原初の時代に回帰するやもしれぬ……」

フェアマンは最後まで読み終えて、ようやく本を閉じた。彼と相方がそれぞれ表紙に手を置いた時、彼は自分の話していることを一言も理解しないまま説教をする司祭を思い浮かべた。

午前三時まで後一〇分というところだった。彼は金庫の闇黒《あんこく》の中に本を加え、金属の扉から湿った指の跡が消えていくのを眺めた。階下に降りていくと、彼の足音はまるで、彼が生き返らせた心臓の立てるくぐもった鼓動のように聞こえた。

ベリー夫人がカウンターの後ろにいたが、眠っているようだった。頭部が後ろに大きく傾いていて、すぐには顔を見分けることができなかった。目が内側に沈み込み、親指を突っ込めそうなほどまぶたが窪んでいるように見えるのは、きっと遠近感のせいだろうが、彼女の顔全体が肉の中に沈み込んでいるという錯覚もあった。こっそりとその場から逃げ出そうとすると、彼女は体を起こし、自分の持ち場で眠っているところを見られてしまったのが恥ずかしいようで、激しく顔をこすった。

彼女の顔が、感情の動きや手荒い扱いで、ピクピクと震えているのを垣間見たような気がした。

ベリー夫人は彼をじっと見つめてから、「何か聞きたいことがあるのかしら、レナード?」と言った。

一瞬だけ、彼女がどんな夢を見ていたのかという考えがよぎったが、知りたいとは思わなかった。

「考え事をひとつしていただけです」と、彼は言った。

「みんな同じよ」

それは、彼がまだ口にしていない質問への回答ではなかったので、彼は言った。

「実は、週末に合流することになったんです。問題にならないと良いのですが」

「あなたの恋人は、これ以上ない歓迎を受けることになるでしょう」ジャニーン・ベリーは、媚びるような声音で言った。「そうなるように手配しますよ」

彼は、自分の考えがあまりにも露骨で、もはや自分の思考ではないように感じた。

「おもてなしに感謝します」と彼は言った。


約束の時間に間に合わせたかったが、無意識に遊歩道の風よけの建物を避けてしまった。教会を目指してワイリーヴの裏通りに車を走らせ、遊歩道の交差点にあるスティルウォーター葬儀社に着いた。そこを見つけた時、彼は道を尋ねなかったことに気がついた。地図でその位置か名前に気づいたのだろうが、よく覚えていなかった。いずれにせよ、もう地図は必要ないようだった。

葬儀場は平屋建てで、窓のある細長いドームのような形をしていた。ホテル街の裏手から見下ろす位置にあって、フェアマンが前庭で車を降りると、数軒のホテルの窓に人が座っているのが見えた。全員が彼の方を見つめていたが、手をあげて挨拶しても、その瞳に何が映っているのかはわからなかった。

彼を待っていたとは思わないものの、毎日のように葬儀屋を眺めていたとは考えたくなかった。

黒い縁取りのあるガラス戸の向こうには、年季の入った机があり、足元には苔むしたように柔らかい絨毯が敷き詰められていた。壁際には、黒い革張りのカウチソファが二つ置かれていて、黒っぽい壁紙には遥か遠方の星を思わせる模様がうっすらと窺えた。各々《おのおの》のソファの上には、〝より佳い場所《ベター・プレイス》〟というスローガンが書かれている、ページ隅の折れた古いパンフレットが散乱するテーブルが置かれていた。受付コーナーは閑散としていたが、賛美歌が霧のように漂っていた。少なくともフェアマンは、それを賛美歌だと考えた。その詞を聞き分け、言葉にしようと努めていると、廊下の方から重い足音が近づいてきた。

「フェアマンさん」と、このような場所にしては大きな声で彼は言った。「バーナード・セドンです」

楕円形の顔は先細りで顎があまりなく、肩は非常な撫で肩で、上着がずり落ちそうに見えた。フェアマンにうわべだけは丁寧に手を差し出す前に、上着のボタンを留めたのはたぶんそのせいで、彼の握手には剃髪した修道僧さながらの青白い頭頂部をこちらに見せる頷《うなず》きが伴っていた。

「お待たせしました」と、彼は言った。「少女を寝かせて参りました。明日は大事な日でしてね」

「謝るには私の方です。約束の時間に間に合いませんでした」

葬儀屋の大きな目が見開かれ、小さな口が表情を作ったので、フェアマンは言葉を続けた。

「どんなお祝いが必要でしょうか」

「あの娘《こ》にですか？」

セドンの目がさらに大きくなり、毛のない眉がひそめられ、ある種の不穏な愉悦を彼の思いに反して漏らしているようだった。

「彼女には何も必要ありません」と、彼は言った。「必要としているのはレナードさん、あなたです」

「私は、自分の仕事をしているだけですから」

「仕事をするのは私たちであって、あなたではありません。あなたとて、私のを御覧になりたくはないでしょう？　私たち皆が、ガルショーで最後の仕上げをするところを見届けてください」

「ありがたいけれど、その必要はないと思います」

フェアマンは失望を感じかけたが、セドンはユーモアを取り戻した。

「顧客からの苦情はあまりないですよ」と、葬儀屋《アンダーテイカー》は言った。「地元の人間でなくともね」

「苦情を受けるようなことをなさる方には見えませんよ」

フェアマンは冗談に乗って、相手の反応を探った。果たせるかな、セドンの視線は目の奥に後退した。

「さて、お持ちしましょうか？」と、葬儀屋がいった。

「本のことですよね」葬儀屋は返事するまでもない思っているようなので、フェアマンは「ぜひ」と言った。

「ただちに、とは申しませんよ」

彼はかなり長く戻ってこなかったので、この言葉はたぶんウィットのようなものだったのだろう。

廊下に沿って柔らかな足音が遠ざかると、フェアマンは部屋に染み込んでいるような音楽を、改めて聞き取ろうとした。オルガンのざわめきだけでなく、囁くような声もあったのだろうか。自分の名前が聞こえたような気がしたのは、一人になってどれほど経った時だっただろうか。それとも、「彼に会いに行きましょう」という言葉だっただろうか？

いずれにせよ、それらに誘《いざな》われて、フェアマンは廊下に出ていった。

左右の壁に、それぞれ三つのドアがあった。右側の一番奥のドアと、左手の一番手前のドアだけが開いていた。どこかから、無理をして長くゆっくりと呼吸をするような音――耳障りな何かの吸引音――が聞こえてきた。フェアマンは、最初のドアから覗き込んだ先が、開かれた棺を前に長椅子が二列並んだ見学用の部屋に過ぎないことを知って、ほっと胸をなでおろした。

それとも、これを見ろということなのだろうか？　棺桶の蓋の裏側には、中身が映っていた。胸のポケットを含むダークスーツの細部は見分けがついたが、他の部分の鏡像は歪んでいるようだった。何しろ、襟と袖の先には形と呼べるようなものがなく、灰色がかった塊《かたまり》を見せつけていたのだから。

この人形は、フェアマンはもちろん、他の誰の趣味にも合いそうにない、不気味に過ぎる展示か何かの一部であるのに違いない。その膨らんだ灰色の詰め物が何に似ているのかだなんて考えたくもなく、棺の中を覗き込みたい衝動を抑えていると、ぼんやりとした顔と手をした人物が廊下に飛び込んできた。視界の端だったので、ぼやけて見えたのだろう。改めて目を向けると、本を手にしたセドンだった。

「やっぱり御覧になりたいので？」と、葬儀屋は言った。「お望みであれば、何が起こるのかお見せすることができますよ」

「いいえ、結構です」フェアマンは部屋から背を向けたが、棺桶の中身が背中越しに感じられた。「本を見つけるのに手間取っておいでなのかと考えていただけですよ」

廊下を引き返しながら、彼は言った。

「別れを告げていいただけですよ」

セドンは、足音を立てずに彼の後を受付コーナーまでついてくると、そこで彼に本を渡した。

「別れを告げる必要はなかったかもしれませんね」

彼はどうやら、別のジョークを思いついたようだった。

「この町に、さよならはありませんから」

フェアマンは、その言葉を解釈しようとはしなかった。じっとりした指先の跡が、指紋を残すことなく本の表紙から消えていくと、飾り模様には棺桶《コロフォン》と、その棺桶を縁取り、読者に差し出しているのだろう一対の開かれた手が描かれていた。

その本は、第九巻の〝死者の活用法について〟だった。何かを考えるよりも早く、フェアマンは「あなたはご承知な方なんでしょうね」と口走った。

「私が何ですって、レナードさん？」

「活用法を心得ている人物だということですよ」

フェアマンは、セドンの質問が積極的でなく、不安げに聞こえたことに驚いた。「そんなものが本当にあるとお考えならばの話ですがね」

「みんな、ここにあります。何よりも、あなたのところにね」

「まあ、ありがとうございます」

フェアマンは、自分が本のことを言ったのだとセドンが思ってくれた方がいいと考えながら、言葉を続けた。「それで、最後の管理者はどなたですか？」

「私の父《ファーザー》です。シンクロー神父《ファーザー・シンクロー》」

真っ先にフェアマンが考えたのは、この事実が何を示すのかということだった。

「父親ですって」と、彼は言った。「その方が、あなたに本を渡したんですか？」

「私たち全員にです」

フェアマンは、言葉を失った。

「なぜです？」

セドンは、その質問に傷ついたかのように、顔を震わせた。

「私たちを信頼できると考えたようです」

「彼の信頼は正しかったのでしょうが、どうして本を配るなどということを？」

「たぶん、彼が話してくれるでしょう。私たちが聞くことではありません」

フェアマンは葬儀屋が何かを隠しているのではないかと疑ったが、聞き出そうとはしなかった。

「電話番号を教えくれたら、今すぐに連絡します」

「こちらです」セドンはそう言って、額をつついた。

フェアマンは携帯電話に手を伸ばしながら、ちらりと脇を見た。セドンの人差し指は、ちらりと見た時の印象よりもかなり細く、長いようだった。セドンが歌うように口にした番号を打ち込んだ時、彼はその番号を既に知っていたかのような奇妙な感覚を覚えた。もちろん、ガルショーの市外局番は既に何度か使ったことがあった。ベルが電子音で鳴り響き、談話室の静けさを破った。

やがて、「シンクローだ」と男の声が言った。寡言ではないにせよ、息切れしているようだった。

「シンクロー神父ですか」と、フェアマンは言った。「私は――」

「フェアマン氏だね。他の者であるはずはない」

「本をお持ちの他の方々だということもあるのでは？」当然のことと見なされていることに対する憤《いきどお》

りめいたものがフェアマンを刺激し、「彼らも連絡をされたのでは？」

「明日には、全てが明らかになるはずだとも、フェアマンさん」

「なぜ、それまで待たなきゃいけないんです？」

「準備中なのでね、フェアマンさん」司祭の声には、あたかも吐き出す息を惜しんでいるような響きがあった。「まだせねばならないことがあるのだよ」と、彼は言った。

フェアマンは、彼が日曜日の説教のことを考えているのだろうと思った。

「今日は、本を手に入れられないと仰る」

「それがあれば、今夜の熟考には足りるだろう」

シンクロー神父の話しぶりには、聖典を引用するような重々しさがあった。

「どこでお会いできますか？　何時に？」

「私の家は、フォレスト・アベニューにある。九時にしておこうか」

少なくともフェアマンは、サンドラに会う前に本を手に入れられそうだった。その時間に同意すると、司祭が息を飲み込むのが聞こえた。

「車では来ないでくれたまえ」と、シンクロー神父は言った。「駐車スペースがないかもしれない」

「散歩は体に良いでしょうから」

フェアマンの脳裏を、霧の中を歩いても健康になるとは思えないという考えが一瞬、よぎった。

かすかな音楽が耳に入ると、既に電話が切れていることに気がついた。携帯電話をポケットに入れ、口を開こうとした時、葬儀屋が言った。

「礼は不要ですよ、レナードさん。全てをまとめてくれたあなたに、私たちこそ感謝すべきなのです」

文書庫《アーカイブ》に寄贈することで、町への賛辞が得られるとでも考えたのだろうか。少なくとも町民の一人は、寄贈について名前を伏せたがっていた。

「私たち全員が、そうだったということにしましょう」

フェアマンがそう言うと、セドンの目に何かの感情がちらつくのが見えた――感謝の念であることは確かなのだが、その本質を見きわめるには、あまりにも遠かった。

車に向かって歩いていると、ゼラチン状の光が肌に集まってくるように感じた。トランクに段ボール箱をしまい込む頃には、熱があるかのように肌がじっとりしていた。

ホテルまでの道すがら、居並ぶ建物の窓ガラスは全て、周囲の石材が黴《かび》のように膨張し、灰色の何かに覆われているように見えた――もちろん、結露によるものだ。誰も窓を拭こうとしなかったが、人気《ひとけ》のないきらびやかな通りには、見るべきものが特になかった。町全体が眠りに落ちたかのようだったが、こんな天候の日に家に閉じこもってい人々を責める気にはならなかった。

ホテルのロビーを横切っていると、カウンターの奥のオフィスからジャニーン・ベリーが姿を現した。彼女は頬をマッサージして、失われた日焼けを復活させようとしていた。「顔を整えているだけよ」とベリー夫人は言うのだが、力強くこねているせいで一瞬、びっくりするほど不均衡に見えた。

「今夜は私たちのために時間を割いてくださらない、レナード？」

聞きたいかどうかわからなかったが、ともあれ彼は返事をした。「どういうことです？」

「一緒に食事をしませんか？　料金はかからないわ。私たちのサービスよ」

また霧の中を歩きたくはなかったが、フェアマンは「どなたとです？」と尋ねた。

「このホテルの人間だけよ。明日まではあなた一人だけしか泊まっていないの」

「親切にどうも。いつ来ればいいですか？」

「お好きな時にどうぞ」ベリー夫人はそう言って、彼の手にある箱に敬意を表して頷いた。「自分を見失う前でも、後でも、どちらでも構わないわ」

「没頭するような本じゃないよ」彼女は納得していない様子なので、「前の方がいいかな」と言った。

「二〇分ほど待ってくれる？　もっと早く用意できたら連絡するわ」

彼女は、彼が本を読み始めるのを待ち望んでいるのだろうか。夕食にはまだ早いように思えたが、無料サービスに文句をつけるのは好みではなかった。

二階の部屋で本を金庫に移した。金庫の中の暗闇の塊《かたまり》が、光なき虚空を思い起こさせた。

風よけの住人たちは、彼が窓辺に現れると一斉に敬礼した。タイミングをはかっていたのだろうか。

霧に包まれた浜辺がどのくらい混雑しているのかはわからなかったが、人影が視界に入るたびにキラキラと輝いているように見えた。

ベッドに横たわっていると、傍らの電話が鳴った――少なくとも、振動音がした。

「準備ができたわ」と、ジャニーン・ベリーが言った。

ダイニングルームにいたのは、彼女一人ではなかった。彼女の両脇には、病的だと思えるほどまだらに日焼けした荷物運び《ポーター》のトムと、客室係のメイドの女の子がいた。その三人が、フェアマンに視線を向けたまま揃ってお辞儀をしたので、フェアマンは引き攣《つ》った笑みを堪えねばならなかった。

トムは、フェアマンを部屋に案内したのと同じスーツを着ていたので、女の子が客室係の制服を着ていたのも特に意外ではなかった。

ベリー夫人は、テーブルがひとつしか出ていないことに彼が気づいていないと思っているような口ぶりで、「窓際にどうぞ」と言った。「ワインをちょうだい、ドーラ」と、彼女は言った。「赤ワインがお好きなんでしょう、フェアマンさん？」

実際、彼の好みなのだが、当然のことと見なされるのは嬉しくなかった。誰かが既にコルク栓を抜いていたようだった。彼が味見をして、鉄のような風味があるにもかかわらず美味《うま》いと言うと、ベリー夫人は「スープを、トム」と言った。

こちらは灰色がかったスープで、ゼラチン片が浮いている澱《よど》んだ水のようだった。

「シーフードですか？」フェアマンは、一口食べる前にそう聞いた。

「ここの名物よ」と、ベリー夫人は誇らしげにいった。「海から取り寄せたの」

一口スプーンですくってみると、確かに海の味がした。実際、これまでにガルショーで食べた料理を彷彿とさせる味だった。ワイリーヴの従業員が、一口食べるごとにじっと見つめてこなければ、もっと楽に食べられたかもしれない。ドーラは彼が一口飲むたびにグラスに水を注《そそ》ぎ、トムも同じようにうやうやしくボトルを扱った。

フェアマンがようやくスプーンをボウルに置くと、ジャニーン・ベリーが言った。

「さあ、特別なお料理を出してよろしいかしら？」

フェアマンはそうしてくれと言ったが、トムが料理を運んできた途端、少し取り消したくなった。丸みを帯びたステーキはスープと同じ灰色で、ウェイターを務める荷物運び《ポーター》が部屋の敷居でつまずいた拍子に、皿の端にずるっと滑った。

「しっかりしなさい、息子よ」と、ベリー夫人が言った。

トムはこの言葉にほとんど反応しなかったので、自分に話しかけたとは思わなかったのかもしれない。傾いた皿をテーブルに運ぶ間、その動作で野菜——豆やニンジンよりも白っぽいジャガイモ——が落ちそうになったので、彼はフェアマンのフォークを摑んで、ずり落ちかけた肉を皿に引っかけた。

「丁寧にやりなさいな、トム」とベリー夫人がこぼした。

「何の肉なのかお聞きしても？」フェアマンは、食べるのを遅らせようとの意図もあって、質問した。

「ガルショーで一番いい肉よ」と、ベリー夫人は言った。「うちの特産物なの」

さらに尋ねるのは失礼だろう。フォークで肉を皿の上に滑らせると、ナイフで簡単に切った。ゴムのような食感は魚介類を思わせ、味も魚に似ていたが、根底にある味はわからなかった。

ホステスとそのスタッフだけでなく、道を挟んだ向かいにある風よけの住人たちも彼を見ているような気がした。観察されていることを意識すればするほど、その範囲が広がるように感じられて、彼は切り分けた肉とそれが味を添える野菜を手際よく食べ尽くすことに全力を尽くした。

彼がきらきらと輝く皿の上に食器を並べると、ベリー夫人が「プディングはいかが？」と言った。

「これ以上食べたら、僕自身がプディングに変身してしまいそうだ」

これは失言だったらしく、観客の視線が一斉に逸れたので、彼は「本当にありがとう、だけど正直に言って、満腹なんですよ」と付け加えた。

「あなたは、私たちを誇らしく思わせてくれたわ」と、ベリー夫人は言った。「そのためにここに来たのだから、最後までやり遂げなさい」

飲みすぎたのだろうか？　トムにもういいと合図してボトルにワインを残したにもかかわらず、フェアマンは階段で少しばかりゴムのような感触を足に覚えた。上階の廊下では、しばらく壁によりかかって体を支えなければならず、魚だらけの壁紙に湿った手形が残った。肌がどんどん湿っぽくなり、額を手で軽く叩くと、手も額も感覚が鈍っていた。

霧のせいで、少しばかり熱が出たのかもしれない。その場合は、風呂に入った方が良さそうだ。

タオルを腕にかけて廊下に出ると、バスルームで何かが動く物音がしたような気がした。曇った窓ガラス越しには誰も見えなかったが、ドアをゆっくりと開けようとした時、流動的で落ち着きのない音が繰り返された。きっと、排水溝に滴り落ちる水の音に違いない。浴槽が水滴できらきらと光、排水口の中で何かが動くのが見えた。灰色がかった物質が視界から消えていくのが見えた。そのことだけでも十分、彼が部屋に戻り、顔に水をはねかけるだけで済ませる理由になった。

ジャニーン・ベリーや彼女のスタッフの声は聞こえなかった。フェアマンは、彼らがまだ自分が後にしてきたあの部屋にいて、満腹になった彼がゆっくりと立ち去るところを並んで見守っている様子を、ありありと思い浮かべた。その空想は、まるで彼に集中しているかに思える静けさを、さらに強めるようだった。窓の外をちらりと見もせずにカーテンを閉めて、彼は金庫から本を取り出した。

「あらゆる生命は魔術師《メイジ》の道具であり、人々が死と呼ぶ過程の後も魔術師《メイジ》の力の裡《うち》に留まる……」

その巻には、死者を蘇らせたり、死者の覚醒時の思考を呼び起こしたり、死者の体に宿って何らかの神秘的な探究のための使い捨ての器として使ったり、さらには妖術師にとって有用である限り、新たに死んだ者たちが去るのを防ぐための術式《わざ》の存在を保証しているようだった。

フェアマンとしては、そんな保証など何一つ欲しくなかったのだが、それでも読み進めずにはいられなかった。結局のところ、それこそが彼がここにいる理由なのだ。ありがたいことに、読んだ内容の大半は解釈することができなかった。

「魔術師《メイジ》は、遺体の召喚によって知られるであろう……」

召喚されたのは誰で、召喚者は誰なのだろうか？　もしも、オカルトの術式が本当に存在するのなら、それは本文の只中にひっそりと隠れているのに違いない。彼は自分の声が聞こえてこないように努めていたが、あらゆる言葉を形作る口の周囲を映す鏡像はそうはいかなかった。

空白の見返しでその巻が終わると、彼はそれまで聞こえ続けていた音――部屋の外からの波の音――

よりも長く、ゆっくりと息を吐き出した。トイレを使用しながら、単に水を流すだけでなく、自分が何をしているのかを隠そうと歌を口ずさんだ。

「汝、大いなる霊感よ、海よりも遥かに……」

部屋に戻ると、窓辺に行かずにはいられなかった。風よけの住人たちが、だらりと垂れていた手を挙げたが、その顔は影に覆われ、目の下にのっぺりと広がる灰色の部分は、スカーフとは思えなかった。

遅い時間で、霧が出ているにもかかわらず、浜辺には数え切れないほどの人々がいた。背を向けて座る者もいるにはいたが、ゴムのような靴を履いて足が大きくなった者や、身動きしない者の大部分が、ホテルの方を向いていた。彼らの目は大きく見開かれて、鼻や口といった他の特徴は、縮んでいるとまではいかずとも、肉の中に沈み込んでいるように見えた。

誰が誰やら、判別がつかなかった——浜辺にいる人々の中に、ガルショーで顔を合わせたことのある人間が含まれているかどうかすらわからなかった。窓の向こうに見えている景色は、まるで夢の中で見ている景色のようだった。あるいは、その方が良いのかもしれない。

ベッドに戻って明かりを消してはみたものの、澱《よど》んだ暗闇の中には、さらにひどい空想が待っているのではないかと思えて、恐ろしかった——ディープフォール・ウォーターの住人の、新たな幻影が。

眠るのが不安でならず、ジャニーン・ベリーの声で目が覚めた時には、眠れた気がしなかった。

彼女は歌っていた。正確には、囁くような声で歌っていた。最初は、自分の部屋の下のロビーにいるのかと思ったが、ホテルの外にいるようだった。

彼はベッドの上でよろよろと体を起こすと、窓側に頭を向けてうつ伏せになった。風よけにいる監視者たちは、彼に敬礼した後、浜辺にいる大多数の人々と同じく動かなくなった。

ジャニーン・ベリーが波打ち際で立ち上がろうとしているのが見えた。彼女がかがみ込んで、灰色の肉がたるんだ、ほとんど無定形の物体を両手で抱きしめると、左の乳房がブラウスから現れた。

その大きさときたら、彼女が持ち上げたものに手を伸ばしているように思えるほどだった。

波の合間に海が静まり返ったので、フェアマンは彼女の言葉を辛うじて聞き取ることができた。

「あなたなら大丈夫」と、彼女は言った。「きっと長生きする。兄弟みたいにはならないわ」

夢というのはこういうものだったかと、フェアマンはベッドに戻りながら思った。

もうひとつの夢では、遊歩道沿いの舞踏場《ボールルーム》から大勢のダンサーが現れ、途方に暮れるほど手の込んだダンスをしながら浜辺に繰り出してくるというものだった。彼らはお馴染みのあの曲の祝祭バージョンを詠唱しながら、むきだしで気味が悪いほど長い脚を蹴り上げた。その向こうで、一瞬生じた霧の切れ目から、ゼラチン状の塊《かたまり》が森に向かって蟹のように横這いしたり、芋虫のように這いずったりしているのが垣間見えた。

死者が棺桶から這い出して海辺に集まり、少なくとも同じくらいの長さがある腕と手を霧に向かって伸ばしている光景が思い浮かんだのは、寝る前に読んだ本のせいに違いない。

ここで目が覚めるだろうと予想した――もちろん、そうなることを願ったのに違いない――だが、彼を目覚めさせたのは、苛立たしくも騒々しい印象だった。まるで、眠っていながら話しているような

――それも聴衆に向かって――感覚があったのだ。

披露で全身が弛緩しているようだったが、思うところがあったのでベッドから出ると、ふらつきながら金庫に向かった。窓の外では、霧が夜明けを包みこんでいた。

直近で手に入れた二冊の本を化粧台に移し、手探りで明かりをつけた。

〝蛹《さなぎ》としての人類について〟の巻末の見返しを開き、続いて夢見心地の諦観と共に、〝死者の活用法について〟の方も開いた。それらのページはもはや、空白ではなくなっていた。

筆跡は、これまで以上に判別しにくくなっていた。まるで、侵入者がフェアマンの手を導こうと奮闘したかのようだった。書かれた言葉には見覚えがなく、彼の脳にはっきりした痕跡を残していなかった。

「クトゥルーが夢を通して人々にその存在を知らせるのに対し、グラアキは人々の心に留まり、彼らの夢を我がものとして、自分の意志に沿うよう形作る……」

これは、〝人類について〟の巻に追記されたもので、その文言が夢の形成に言及しているのか、心の形成に言及しているのか、あるいはその両方なのか、フェアマンにはわからなかった。

続く文章は、ページを埋めていくのにつれてますます歪んでいった。

「〝古のものたち《エンシェント・ワンズ》〟は、巣穴に封じられておらず、彼《か》のものらのことをわずかに考えるだけで、世界の本質そのものに浸透するかの如く召喚されるやもしれぬ。グラアキが人の心を知るようになったので、彼《か》のものは人々を物理的に束縛する必要がなくなったのだ……」

もう一方の巻では、手書きの文字がさらに乱れ、歪んでいて、見返しからはみ出そうになっていた。

「グラアキの力が集中している場所で、彼《か》のものは全ての生命を夢のために使う。かくの如き場所では、最も古き流儀が見られることだろう。そこでは、生きとし生けるものの形が定かならず、活力を求めて同類のものを消費する……」

この筆致は、パーシー・スモールビームによる散文を模倣したものだと、フェアマンは考えた。どの注釈もそうだった。フェアマンにとって、理解しがたいものなのは確かだった。走り書きしながら声に出して読み上げたのだろうか、どのような声で読み上げたのだろうかと、彼は訝《いぶか》った。

読み上げてみたいという衝動を堪えていると、ベッドの傍らの電話が耳障りな音を発した。

「もう起きたのね、レナードさん？」ジャニーン・ベリーが言った。「出かける前に、朝食はいる？」

フェアマンは、体のどこかから湧き上がる、今となっては馴染みのありすぎる味わいに襲われた。

「昨晩の食事をまだ消化しきれていないみたいだ」

「あなたが一番よくわかっているでしょうね。そう思うなら、食事を抜くといいわ」

フェアマンが返事をする前に、彼女は言った。「あなたの恋人さんにも、特別メニューをたっぷり用意してあげる。私が、あなたのために作ったものをね」

妙に切なげな声だった。正体のわからない考えがフェアマンの手足に弾力を与え、彼は立ち上がると、手探りで受話器を電話の台に置いた。

揃った本を読み終えさえすれば、ガルショーに留まる必要は全くない。サンドラを駅に迎えに行き、そのまま車でブリチェスターに直行すればいいのだ。

電話を入れて、来ないでくれと伝えるにはもう遅すぎた。

カーテンを開け放って、風よけの住人に迎えられる覚悟をした時、彼の体から力が抜けた。遊歩道には人影がなく、海を人工湖のように見せている澱《よど》んだ霧を見渡す限り、浜辺も閑散としていた。


天候がとうとう、人々を追い払うまでに悪化したのだろうか。ホテルの正面の風よけすらも空っぽで、今しがた書かれたばかりのように落書きが輝いていた。理解しがたい文字の連なりは、フェアマンが目を逸らすまでの間、水分を含んで蠢《うごめ》くようにも、何かを摑もうと躍起になっているようにも見えた。目に見えない聴衆の気配も、ホテルからいなくなっていた。結局、サンドラを遠ざける必要はなかったのかもしれない。完全に一人きりというわけではなかったが――少なくともベリー夫人がまだ建物の中にいるだろうから――すっかりくつろいだ気分になっていたので、配管を使って音をかき消したりはしなかった。既に湿っていた浴槽でシャワーを浴びると、服を着て駐車場から坂道を上っていった。

霧が彼を待ち受けていた。湿気は彼にまとわりつくだけでなく、彼の輝く肌に浸透したので、熱っぽく不安定に感じられた。できるだけ早足で坂を上ったのだが、そのせいでさらに汗をかいた。霧は、彼を目的地へと誘導しているのかもしれない。彼のほんの数歩先で、霧はのろのろと後方にたなびいて、全ての建物の窓に濁った跡を残していた。

どの家も、車輪の半分を歩道に乗り上げた無人の車のように、眠っているようだった。ガルショーは、オフシーズンの土曜日には休業しているのだろうか。

町が夏の労働を終えて休んでいるというよりは、通常の状態に戻りつつあるようにも思えた。

フォレスト・アベニューは、確かに森の傍らにあった。内陸側の家々のいくつかは森にとても近かったので、フェアマンには庭がどこで終わり、森がどこから始まるのか判別できなかった。反対側には建物がなく、ひび割れて凹凸のある道に沿って並木が並んでいるだけだった。

司祭の屋敷は、森から伸びてきて庭の大部分を覆い尽くし、家屋にもまとわりつく蔓のせいでもろくなり、一部が崩れている壁で隣家と隔てられていた。細くて背が高い、薄汚れた二つの窓に挟まれた柱廊《ポーチ》でさえも、垂れ下がる蔓と数珠《ビーズ》のような葉で飾られていた。フェアマンが、錆びた呼び鈴を親指で押そうと柱廊《ポーチ》に足を踏み入れると、足元の石段が崩れるのを感じた。

親指の爪の周囲が膨らむほど、強く押さなければならなかった。もう一度試そうとしたその時、ドアに向かってくる足音が聞こえた。ドアがゆらりと開くと、フェアマンより頭ひとつ分ばかり背が低い、年老いた男性が現れた。彼の足には不釣り合いな足音が響いたのは、ペラペラのスリッパのせいだろう。

彼の纏《まと》っている黒い長衣《ローブ》が肌の青白い色合いを強調し、皺だらけの顔は、しぼみ始めた風船をフェアマンに思い起こさせた。禿げかかった白っぽい頭皮すらも、今にもしぼみそうに見えた。

大きな眼はほとんど無色透明で、訪問者を見上げながら、薄く色褪せた唇で笑みを作ろうとしていた。

「フェアマン君」と、彼は言った。「我が家に御足労いただき、光栄だよ」

彼の握手は、これまでで一番緩かった。フェアマンの握った手の中で細い指が蠢き、まるで合図《サイン》を伝えようとしているかのようだったが、高齢のせいで制御不能になっていることの顕《あらわ》れなのかもしれなかった。「少しの間、座って話をしよう」と、彼は言った。

ホールと、そこを半分に分断する階段は、シンクロー神父がドアを閉じると、さらに暗くなった。

絨毯も壁紙も、彼の長衣《ローブ》と同じくらい陰鬱で、その暗闇はまるでこの家にのしかかった重石のように感じられた。司祭は歩くのにも苦労しているようで、何とか一番近い左側の部屋に入ると、椅子の肘掛けを摑んで腰を下ろした。

「どうか、自宅にいるように寛《くつろ》いでくれたまえ」と、彼は息を切らしながら言った。

彼は明かりを点けなかった。フェアマンは、椅子を握っている指の爪さえ見分けられなかった。

薄汚れた窓から差し込む息苦しい光で、全ての家具に霧がかかっているように見えたが、司祭が椅子に腰を下ろした時に、そこから舞い上がったのは間違いなく埃だった。

屋根の煙突を覆う蔓から落ちてきたのだろう、枝葉が散らばる暗い暖炉の上の、毀《こぼ》れた大理石のマントルピースには、持ち主と同じくらい古いのだろうラジオが鎮座していた。

壁の暗さはただ、額縁のガラスが放つ鈍い光のみに和らげられていた。額縁に飾られていたはずの写真は、全て剝がされていた。

フェアマンが、窓に一番近い肘掛け椅子に向かうと、まるで水族館の住人のように、ぼんやりとした自分の姿がガラスからガラスへと滑るように移動していくのが見えた。

椅子に座ると、慎重に前方に引っ張った。椅子は柔らかく膨らんでいるようで、窓際に立ち込める霧に近かったせいか、じっとりと湿っているようにも思えた。たぶん、椅子を移動したのは、部屋全体を見渡したかったからなのだろう。

シンクロー神父は眠たげな様子で黙りこくっていて、心地よさげに見えたが、フェアマンはこの対面がどのようなものであれ、さっさと終わらせたかった。

「それで」と、彼は言った。「あなたが責任者だということですが」

「そのつもりだったのだが」と、司祭はため息をつくように告げた。「私のせいだ《メア・クールパ》、過ちを犯した」

「どういう意味です？」

「その本は、別々に保管するのが一番だと思っていたのだ」司祭はまた、息を吐きながら言った。「私が間違いだと知ったことを、きみにもおわかりいただけたと思う」

「本を渡した人たちのことを仰っているのですか？」

シンクロー神父は首を振った——薄暗い中で、彼の青白い頭皮がぐらつくように見えた。

フェアマンは言った。「どうして、あの人たちを選んだんです？」

「そのことに疑問を抱いたことはないよ」神父は、重荷を抱きしめるかのように両手を広げた。

「私たち全員は、ここで一つなのだ」

フェアマンは、司祭の言葉が何を意味するにせよ、自分はそうではないと抗議したかった。そうする代わりに、彼は「どうして私に？」と質問した。

「息子よ、きみこそが相応《ふさわ》しいのだよ」

シンクロー神父は手を合わせた。暗がりの中で、その両手が一つの青白い塊《かたまり》に溶け込むかに見えた。

「ドナルド・ロザーミアがきみのエッセイを読んだ時点で、必要な注意を全て払ってくれるとわかっていた」と、彼は断言した。「ユーニス・スプリッグスが何と言ったか、知りたいかね？」

彼は、目を大きく見開いて肯定の返事を期待していたようだが、フェアマンは町長がそれほど早い段階から関わっていたことを知って、狼狽した。「教えてください」

「彼女は、きみがその名前に恥じない働きをすると確信していると言っていたよ」

この言葉の全てを、司祭は息を切らしながら口にしたのだが、フェアマンは別の質問をしたかった。

「失礼ですが、シンクローという名前は本当にあなたのお名前なんですか？」

司祭はゆっくりと首を横に振ったが、フェアマンはその動作の最中に顔の輪郭が変わったと思えたのは見間違いだと、自分に言い聞かせた。

「それは、私が最初に変えたものだ」と、シンクロー神父は言った。

フェアマンは、その綴りを知るためとはいえ、これ以上問い詰める必要を感じなかった。

「ともあれ、本をお渡しいただいてもよろしいですか？」

司祭は、椅子の肘掛けに手を置いた。「きみをすっかり踊らせてしまったね」

「気にしないでください、終わったことです」

「まだ完全な終わりではないよ、フェアマン君」シンクロー神父は一息ついた。「ここにはないのだ」

フェアマンは、自分の方も息を吸い込まねばならないことに気がついた。

「申し訳ありません」と、彼は言ったが、内心とは異なっていた。「その本は……」

「教会にある」

「そちらの方が安全だからでしょうか？」

「ガルショーなら、どこであれ安全だよ、レナード君」

フェアマンが理解できようができまいが、そのことはどうでもよかった。

「なら、行きましょうか」そう言うと、彼は立ち上がった。

司祭は椅子に沈み込んだわけではないが、まるで陰鬱な澱《よど》みが青白い顔と手を纏っているような風情で、腰を下ろしたままだった。

「あれは、きみを待っている」と、彼は言った。

「どこにあるのか、教えてくれますよね」

「説教壇以外の場所であるはずがなかろう、息子よ」

「お時間を割いていただき、ありがとうございました」と、フェアマンは言いはしたものの、皮肉っぽい上に、言葉が足りないように思えた。「これまでしてくださったことの全てに感謝します」と言おうとしたが、司祭の顔はいよいよ判別できなくなっていた。きっと、その特徴を薄暗さが覆っていたせいなのだろう。とはいえ、フェアマンが家から出るのに、さほどの苦労はしなかった。

通りには相変わらず人影がなかった。「人っ子一人いないな」と呟いてみたが、その声は霧の中に跡形もなく消えていった。フォレスト・アベニューには、車通りもほとんどなかった。結局のところ、車で来ることもできたわけだ。無気力な霧が、まるで世界を解き放つかのように彼の前方へと引いていき、その霧が肌に残る感触があった。家々の窓は、それを囲む灰色の壁とほとんど区別がつかなかったが、それでも彼は監視者の視線を感じていた――これまで以上に強く。

通りは完全に静かというわけではなく、彼の足音以外にも聞こえる物音があった。木々から水滴が滴り落ちて、濡れた道路に飛び散り、車の屋根を叩くこともあった。森と、それと向かい合う並木の列は原始的な姿に立ち戻っているかのようで、覆い隠すような森の姿を見ているうちに、密林の中にでもいるかのような気分になってきた。独り言とまではいかなくても、歌いたい衝動を堪《こら》えていた――くぐもった足音と、空洞の金属音を響かせる断続的な結露の音に、何か音を付け加えたいと思ったのだ――背後から音が聞こえてきたのは、その時だった。

それは、木々の高いところから聞こえてきた。鳥なのかもしれなかったが、ガルショーではカモメすらも見かけなかったことに、遅まきながら気がついた。

木の葉が再びざわめいたので、彼は背後をちらりと振り返った。何本かの木の枝が、見えない空を背景に揺れていた。まるで、何かの生き物が木から木へと飛び移ったかのようだった。

フェアマンは、動物園のことを思い出さずにはいられなかった。動物園は――リーフィー・シェイドやスプライトリー・スプラウツと同じく――司祭の屋敷の向こうに広がる、暗鬱な霧の中にある。

別の梢が震え、同時に道の反対側の木も揺れた。鳥よりも大きなものが動いているような音だったが、灰色がかった枝の塊《かたまり》と区別がつかなかった。フェアマンが背を向けた時、急に不安定になった足をもつれさせそうになったので、手近な木を摑んだ。そして、びくっと指を引っ込めると、彼は教会に向かって足早に歩き出した。彼が摑んだ幹が、鱗の生えた手足のように身をよじるなどということはあるはずもないのだが、それ以上は木に触らなかった。木々のてっぺんのあたりでバタバタとはためく音が倍増しても、彼は背後を見なかった。

ファースト・ワード教会に近づくにつれて、木々は姿を消した。建物の灰色の壁は、空っぽの遊歩道と閑散とした浜辺を横切って霧が消えていく時、大きな息を吐き出して膨らむように見えたのと同様、彼が近づくと膨らむような気がした。

苔むした門柱の間にしばらく留まって、表札を調べた。名前の二行の間に、小さな文字で定冠詞が挿入されていることに気がついた。地衣類のまだら模様が看板の一部を覆い隠していて、末尾の二語を変えたようだった。ただし、本来の名前が聖マルコ《セント・マーク》だったかについては、確信が持てなかった。

教会を取り囲む墓石にも、同じ灰色の地衣類が蔓延していた。無定形の霧が墓石に感染したのではないかとフェアマンが思ってしまうほど、形が歪んだものもあった。

石造りの壺は、触手を具《そな》えた海の住人ではないにしても、巨大な種子のような蔓を生やしているように見えたし、天使の下げている頭からぶら下がっている青白い塊《かたまり》は、フェアマンが好むような特徴がなく、まるで新しい顔を形成しつつあるように見えた。

錆びついた門をくぐり、小道を早足で下りていくと、記念碑から続く土塁の多くが、海に向かって崩れ落ちているのが見えた。そうしたものに思いを向けることなく、フェアマンは灰色の石造りのアーチ内の扉に埋め込まれている金属の環《リング》を摑もうと、足早に歩き続けた。

巨大な蝶番《ちょうつがい》に支えられた扉が、凹凸のある敷石を擦りながら重々しく内側に開き、あたかも教会がじめついた息を吐き出したかのように、澱《よど》んだガルショーの臭気が彼を迎えた。

内部はひどく薄暗かったので、彼は扉を開け放しておいた。祭壇の両側にある側壁の、アーチ型の窓は全て、灰色がかった黴《かび》のような物質で、全部とは言わずとも部分的に覆われていたのだが、これがステンドグラスからあらゆる色彩を奪ったのか、それとも霧のせいなのかは、フェアマンには判断がつかなかった。ステンドグラスに描かれている人物の輪郭はあまりにも奇形じみていて、それが誰なのか、あるいは何なのかもわからなかった。

本すら置かれていない座席の間の通路を進むと、祭壇を見下ろす十字架上の像が膨らんでいるように見えて、輪郭のはっきりしないその灰色の姿は、床に倒れそうなほど前方に垂れ下がっていた。

シンクロー神父が何と言おうが、教会はもう――少なくとも、従来の目的では――使われていないのに違いない。司祭は、新しい信仰に傾倒したのだろうか？　フェアマンとしては、本を取り戻すことができさえすれば、そのようなことは気にしなかった。

説教壇は、祭壇の左側にあった。フェアマンがきしむ階段を上がっていくと、摑んだ手の中で手すりがじっとりと湿っていくように思えた。講壇の上には一冊の本が置かれていて、熱意を孕んで少し震えているように思えたのだが、震えているのは彼自身だった。

浮き彫り加工の飾り模様《コロフォン》には、見覚えのない星座が人間離れした顔の造作をほのめかす夜空が描かれていた。フェアマンがページを開き、それが第八巻〝創造の夢見について〟であることを確認した時、そのページから馴染みのある澱《よど》んだ臭いが立ち上ってきた。薄暗がりの中で読もうと無理をしているためか、目が突き出しているのを感じた。

「全ての創造物は、それ自身の夢である。宇宙は夢見の中で存在し、今もそうあり続けている……」

だとすれば、この本も夢に違いないと、彼は思った。ガルショーで過ごした時が、夢じみたものになってきた理由を、彼はようやく理解しつつあった——その時、別の考えが湧き起こった。シンクロー神父の言葉を、彼はとうとう理解した。街路図はもう持っていなかったが、彼は町の配置を思い浮かべることができた。彼は確かに、ダンスに導かれていたのだ。本を集めるために彼が辿った道筋は、ショーで目にしたダンスの最初のステップを描いていた。

すぐに彼は、洞察を超えた何かが自分の心をとらえたように感じた。背後から、長いこと続く大きな呼吸音が聞こえてきた。それはきっと、浜辺に打ち寄せては引き返す波の音に過ぎないのだろうが、象徴ないしは前兆であるように感じられた。

それ以上のものでない限り、この本もそうだった。読み進めていくうちに、たとえ自分のものではなくとも、今にも目覚めようとしている夢なのだと受け取ることができた。

「古き石が見る夢、あるいは大地や海の夢を、誰が分かち合ったことがあろうか？　誰が山々の眠れる幻影を目にし、あるいは月の夢想に加わったのか？　〝古のものたち《エンシェント・ワンズ》〟は、宇宙と虚空が永遠《とわ》に互いに蝕《むしば》み合う、最果ての星々の夢を共有する。魔術師《メイジ》たちは、彼のものらを心の中に招き入れる前に、ゆめ準備を怠ることなきよう……」

こうした言葉やそれ以上のことが、フェアマンの理解をすり抜けて、彼の脳裏に根を下ろしているようだった。変化のない薄暗さのせいで、講壇に立ってからどれほどの時間が経過したのかわからなかったが、その時、教会の庭で何かが起きていることに気づいた。群衆が、教会に向かってきているのだ。シンクロー神父が行列を先導し、町長が彼を腕で支えていた。

彼らの歩みはあまりにもひっそりしたものだったので、彼らが門をくぐるまでフェアマンは気づかなかったのだが、群衆の表情からは敬意を表していることが窺えた。

その後を、本を預かっていた者たち全員がついてきた。ローダ・ビッカースタッフでさえも、諦めとも期待ともつかぬ、緊張した面持ちでそこにいた。その背後には、ジャニーン・ベリーとその従業員、フィッシング・フォー・ユーとフィッシュ・イット・アップの店主たち、エリック・ヘドンを除くガルショーの演者たち、そして通りですれ違ったか浜辺で見かけたかしたたと思われる人々が続いた。

講壇で本を読んでいる間、遊歩道からはかなりの人数の人々が行き交う声が聞こえてきていたのだが、その大きな意味に気づいていなかったことに、彼は思い当たった。

ユーニス・スプリッグスとシンクロー神父が敷居をまたぐ頃には、群衆の多くはまだ門の外にいた。

司祭は、町長を伴って足を引きずりながら最前列に進み、そこに座ってフェアマンを見上げた。教会に入ってきたユーニスは、敬意の印として帽子を脱いでいるようだったが、女性がそんなことをするだろうか？　今しも、彼女がハンドブックに詰め込んだものは、いわゆる帽子ではなかったようだ。教会に一歩足を踏み入れると、群衆の皆が禿頭を露わにした。それは、女性も例外ではなかった。誰もが、ゴムのような足で石の床を滑るように歩くのだが、ビーチシューズを履いた者はいなかった。数え切れないほど多くの目が、フェアマンを見上げていた。まるで教会の中だけでなく、ただひとつの意識にじっと見られているような気分だった。同じフレーズが使い回されていることを考慮すれば、そのように疑って然るべきだった。

彼は、教会が満員になっていくのを眺めていた。全ての座席が埋まり、新たに入ってきた者たちは壁に沿って三列に並んでいた――その時、司祭が形の定まらない手を挙げた。

「読んでくれ、息子よ」と、彼は呟いた。「私たちに読み聞かせてくれ」

本に戻れることは、フェアマンにとっていくらか喜ばしいことだった。教会の後部の座席に、見覚えのあるグループが座っているのが見えた。彼らがスカーフを強く引き下ろすと、顔面が左右のどちらかに引っ張られているか、さもなくば斜めに歪むように見えた。

教会の中に入りきれなかった町の住民たちが教会の周囲に集まっていたが、そこからますます遅く、大きくなりつつある波の音が聞こえ続けている、彼の背後にはいなかった。何人かは、どうにか側壁の窓によじ登っていたが、中が見えるかどうかはわからなかった。窓ガラスに押し付けられた顔は、ステンドグラスに付着した黴《かび》の塊《かたまり》と見紛うばかりにぼやけていた。

彼らはそうした光景を全て無視し、中断したところから本に集中しようと全力を尽くした。たぶん、彼自身が理解している以上に、聞き手には多くのことが伝わっていたのだろう。彼の声と、背後の浜辺をゆっくりと進む波の音を除けば、周囲は恍惚とした静寂に包まれていた。

とうとう彼は、印刷されたテキストの終わりに辿り着き、見返しに目を向けた。

「魔導書《グリモワール》は、世界を解体するための道具である。これらの書物に、古代の力の結節点であるという以外のいかなる意味があるだろうか。それらに囲まれた土地は幸いである。何となれば、その土地は啓蒙され、変異するのだから。その土地の住民は幸いである。何となれば、生きとし生けるものが単一の創物に与《あずか》っていた、最も古き形成の流儀を再生させるのだから。さらに力強きは、古き言葉がその声を見つける魔術師《メイジ》であり、グラアキが世界に語りかけるべくその唇を使う者こそ、この上なく幸いである。どこであれ、彼《か》のものの声が聞こえる場所で、彼《か》のものは崇拝者たちの前に姿を現すことだろう……」

フェアマンはもはや、はっきりと口に出して読んでいなかった。ページが空白だったからだ。まるで、自分ではない誰かの説教を聞いているかのように感じていた――本が、自分以外の別の声を見つけたかのように。重々しく滑るような波の音がさらに大きくなったので、もっと大きな声で話さねばならなかった。何を話せばいいのか見当もつかなかったが、ともかくも続けようとした時、教会の中に一致団結した動きが垣間見えた。会衆全員が、頭を下げていたのだ。

彼らに目を向けるまでは、これを敬意のしるしだと受け取ることができたのだが、次の瞬間、彼は説教壇を強く握りしめた。説教壇は、彼の手の中でまるで汗をかいているように見えた。

全ての頭が、首の後ろまで見えるほど低く下げられていたのだが、彼らの顔はまだフェアマンの方に向けられたままだったのだ。まるで、熱狂が顔の位置を動かしてしまったかのように。

しかし、彼らの注目はもはや、フェアマンに向けられていなかった。全ての大きくずれた目が、彼を通り越して、その向こうを見つめていたのである。

ずっと聞こえ続けていた長く重苦しい音が背後で繰り返され、とうとう浜辺から離れてしまったので、フェアマンとてもそれが波の音ではないと悟らずにはいられなかった。自分が震えるのを感じ、説教壇がガタガタと揺れた。それどころか、教会全体が揺れているようだった。床から壁を伝って、屋根の下で影になっている建材にまで伝わる震動は、その存在がいかに巨大で、大地を揺るがすほどの重量があるのかを物語っていた。あるいはこの震動こそが、それの力の顕《あらわ》れなのかもしれない。

やがて教会は、瞬《まばた》き一つしない大勢の人々と同様に静まり返り、フェアマンは振り返って背後を見ることを余儀なくされた。

彼は、祭壇の向こうから観察されていた。祭壇を左右に囲む二つの窓から、それぞれ眼が覗いていたのである——フェアマンの頭と同じくらいの大きさの眼が。それはまるで、教会そのものを仮面として被っているように見えた。気がつくと彼は、その眼力とどうにか対峙しようと足掻《あが》いていた。その眼は、それが伸びている巨大な青白い顔と同様にぼやけているので、たぶん命を落としはしないだろう。

その時、十字架像の上方の壁を通り抜けて、じめついた肉質の風船のように膨らみ、木の幹ほどの太さのしなやかな灰色の幹に乗せられた第三の眼が、彼に向かって屈み込んだ。それに続いて顔が現れ、周囲の石材に染み込む際に、十字架を飲み込んだ――白っぽいスポンジ状で、三つある眼を乗せた茎と唇の分厚い口しか特徴のない、フェアマンの慎重の二倍の高さはある月の似姿のような顔だった。

さらに、胴体の一部――フェアマンの腕ほどの長さの、不断に動き続ける棘を数多く生やした楕円形の肉塊が姿を現し、祭壇越しに彼の方に顔を傾けた。

彼は、身動きが取れなかった。両手が説教壇に固定されているようで、逃げ出そうものなら足がもげてしまうような感じがした。目を閉じれば観察に耐えられると、必死に自分に言い聞かせようとしたが、さらに悪いことが待っていた。顔が降りてきたかと思うと、フェアマンの頭部を包み込むような接吻を与え、ガルショー特有の澱《よど》んだ臭気の本質にして根源である匂いのする呼気が殺到したのである。

頭蓋骨が柔らかくなり、ゼラチン状になったように感じた。その感覚が全身に広がるにつれて、彼は自分の肉体が地虫のようにもぞもぞと動くのを感じた。蛹の中で身動《みじろ》ぎする昆虫のように、覚醒《めざ》めた脳が頭蓋骨のようで蠢く感覚すらあった。

スポンジめいた冷たい唇が彼の頭上に留まっている間、彼は呼吸をするのも忘れていた。ようやくそれらは引っ込められ、巨大な体が教会から這い出して、後ろ向きにのろのろと這いずる音が聞こえた。

なかなか目を開けられなかったのは、恐怖のせいだろうか。それとも他の要因があるのだろうか。

ゴムのようなまぶたを持ち上げることに成功した時、祭壇の両脇の窓は空っぽで、壁には十字架からぶら下がっている人物以外には何もなかった。

会衆に目を向けると、自分とは別の何かが、自分の目を通して外を見ているような気がした。目の中で何かが動いているようにすら思えた。その感覚はしかし、眼前の光景――教会にいる者たち全員が頭を上げて、まるで岩を滑り降りるクラゲのように、頭頂部から顔が元の位置に戻っていく光景――を気にせずにいられるほどのものではなかった。

少し経つと、まるで何かの合図を待っているような無邪気な様子の会衆が、彼をじっと見つめているものだから、そんな光景を見たのは気のせいだったのだと思いかけてしまうほどだった。

その視線にどう答えたものかわからなかったが、たぶん彼を見るだけで十分なのだろう。というのも、シンクロー神父が同輩の助けを借りて立ち上がっていたからだ。

司祭は足を引きずって前に進み出ると、さらに低く体を屈め、祭壇ではなくフェアマンに頭を垂れた。側廊を歩く司祭を支えたユーニス・スプリッグスも、彼に倣った。同輩の本の管理者たちも、前に進み出て頭を垂れ、最前列にいた他の人々も同じようにした。

会衆全員がそうして教会を後にした頃、本の傍らに手をおいて緩んだ手を休めるフェアマンは、説教壇でどれほど長い時間を過ごしたのかすらよく覚えていなかった。教会の庭にいた群衆すらも、彼の方に向かって頭を下げたり、そうでなければ彼の方に体を傾けたりしていた。

群衆の後方に、どうにもならぬほど姿形の崩れた人影がちらりと見えたが、彼らは森か、あるいは普段隠れている他のどこかに逃げていったようだった。

本を手に教会から出てくると、柱廊《ポーチ》の外でシンクロー神父が待っていた。彼は、神父が昔就いていた職業の残滓にしがみついているのではないかと思ったが、シンクロー神父はこう語った。

「我々は導かれるままに選んだのだ、息子よ。私は決してその任務に適任ではなかった」

フェアマンは、変形して扱いにくくなった舌を、より慣れ親しんだ感じがするまで口の中で動かした。

「どんな任務です？」

「きみの本が私に託された時、私はどうすればいいのかわからなかった。正直に告白すると、それらを自分の手元に置き、全てを自分で引き受けることを恐れていたのだよ。今日、きみが話してくれるまで、どうして私がそれらを配布するよう導かれたのかも、わからなかったのだ」

彼は、何かしらの思い上がりを詫びているようで、続けてこう言った。

「私がきみのような召命を受けていないことは確かだ。きみこそが、言葉を回復できる人間なのだよ」

「本を編集するということですか？」

フェアマンは、自分の方もかつての自分を取り戻そうとしているように感じた。

「そういうことなら、僕たちをガルショーに留めておきたいでしょうね」

「とんでもない」司祭が激しく頭を振ると、頭皮が揺れ動き、隣にいる禿頭の女性も同じようにした。

「我々はまだ恩恵を受けられる」シンクロー神父は言った。「きみは出かけて、世界に種を蒔くんだ」

最後の車列が、坂道や海沿いの道を走り去っていった。生まれたばかりの海が、水平線まで突き通すような太陽の下で、キラキラと輝いていた。ガルショーをヴェールで覆っていた霧は、あたかもその必要がなくなったかのように消え去っていたが、フェアマンは自分の中ではないにせよ――いや、自分の中にそれがあるように感じていた。あの霧は、触れるもの全てを受胎させるのだろうか。

両手を使って、お護りのように本を握りながら遊歩道を歩いていると、ホテルやその向こうにある建物の数々が、ほとんど気がつかないくらい膨らんで、灰色が融《と》け込んでいるように見えた気がした。

たぶん、太陽の角度のせいなのだろうが、それにしても熱を帯びた体がピリピリと反応する一方で、ホテルやその他の建物が輝いている理由はわからなかった。

ワイリーヴの自分の部屋で、今となっては不必要にすら思えたが、彼は本を護るために金庫を開けた。暗闇が、新たな訪問者を歓迎しているようだった。彼は金庫の扉を閉めて、指が残した跡を見つめた。

階下に降りると、ジャニーン・ベリーがカウンターの後ろで頭髪を整えていた。

「新婚さん向けのスイートにご案内しましょうか？」

そう言う彼女は、緊張ではにかんでいるようだった。

「ぴったりですね」

「恋人さんを連れてきたら、そちらに移るといいわ」

「ありがたく思いますよ」フェアマンは言ってから、ある考えがよぎった。「部屋を移動するなら、金庫の暗証番号が必要になるでしょうね」

「誰だって、もうそんな必要はないと思うわよ、レナード」

携帯電話の着信音が鳴らなければ、彼は自分の考えなしを失笑していたかもしれない。

「そうですね」彼はそう言うと、表示された名前を確認した。「ガルショーがまたやってくれた。誰かのことを思い浮かべると、その人がやってくるんだ」

「彼女を迎えに行ってちょうだい。戻る頃には、準備は万端よ」

サンドラからのメッセージには、ガルショーまで一五分とあった。

きみを迎えに行くよと、彼は車に向かいながら返信した。

車で坂道を上がっていると、全ての店が開いているのが見えた。ガルショー・プレイヤーズが公演を行う相手は、町の住民だけではないのだろう。

町に新たな訪問者がやってきたことを、住民の誰かに伝える必要はなかった。

彼は駅の前庭に車を停め、一人きりで列車を降りる人物に時間通りに会おうと、ホームにやってきた。

彼女は思いのほか無防備で——地元の基準からすると、あまりにも小柄でスリムだった——彼女の小さくて繊細な、きっぱりした表情の浮かぶ顔を縁取っている豊かな赤毛は、ガルショーで過ごした日々からすると見慣れないものに思えた。

彼は、新たな感情に満たされながら、威圧的に過ぎない動作で、前に進み出て両腕を伸ばした。

「サンドラ」と、彼は言った。「僕たちの町にようこそ。見どころがまだたくさんあるんだ《ゼアズ・ソー・マッチ・モア・トゥ・シー》」

訳注

1 ペニー・ブラック Penny Black

一八四〇年五月六日に英国で発行された、二種類の世界最初の切手のうち、一ペニー切手を指す通称。ヴィクトリア女王の横顔をあしらった図案が黒インクで印刷されている。ちなみに、同日に発売された二ペンスの切手は青インクだったので（同じ図案）、トゥー・ペンス・ブルーと呼ばれている。二〇二四年現在、四角の揃った状態の消印つきペニー・ブラックは、もちろん状態によりけりだが、日本円で六〜一〇万円程度が相場のようだが、未使用品となると百万円近くになる。使用済品の入手自体はそれほど困難ではないようだ。

2『グラアキの黙示録』 The Revelations of Gla'aki

ほぼ同時期に執筆された、キャンベル「ヴェールを剝ぎ取るもの」「湖の住人」が初出の書物。「湖の住人」によれば、一七九〇年頃に英国グロスターシャーのとある場所で結成された、グラーキなる神性を崇拝するカルト教団の内部文書である。ただし、「グラアキ最後の黙示」以前は『グラーキの黙示録 The Revelations of Glaaki』と、「'」のない表記が用いられていた。

3 ロールプレイングゲーム role-playing games

ケイオシアム社の『クトゥルフ神話ＴＲＰＧ』のこと。ここで槍玉にあがっている〝リヴァプール版〟というのは、このゲームのサプリメントであるキース・ハーバー『クトゥルフ神話ＴＲＰＧキーパーコンパニオン』（邦訳）に書かれた独自設定のことで、同書では一一巻本の各巻タイトルや内容も設定されているのだが、著者はどうやらお気に召さなかったらしい。

4 ゴースト・クラブ Ghost Club

実在する英国の超常現象調査・研究組織で、ケンブリッジ大学のトリニティ・カレッジにおいて一八五五年に発足したグループを母体に、一八六二年、ロンドンで正式に発足した。初期の著名なメンバーには作家のチャールズ・ディケンズが含まれていた。同会は一八七〇年代にいったん解散した後、一八八二年の一一月一日（諸聖人の日）に、改めて結成された。同時期に設立された心霊研究会（ＳＰＲ）と活動領域、会員が被っていたところがあるが、心霊研究会の活動の中心が超常現象のトリックを暴くことに傾いていったことで、心霊現象に肯定的なメンバーがゴースト・クラブに集まることになった。この組織は現存し、ＷＥＢサイトもある。

5 ブリチェスター Brichester

キャンベル「ハイ・ストリートの教会」が初出の、英国グロスターシャーに位置する架空の地方都市。「コールド・プリント」（一九六七年）を執筆した頃から、生まれ故郷であるマージーサイド州のリヴァプールがモチーフとして想定されるようになった。

6 ディープフォール・ウォーター Deepfall Water

地名としては本作が初出だが、これは「湖の住人」の舞台となったブリチェスター北の湖のことである。

7 E・W・ベンスン E. W. Benson

一八八三年から亡くなるまでの間、英国国教会のトップであるカンタベリー大主教の地位にあったエドワード・ホワイト・ベンスン（一八二九〜一八九六年）。ケンブリッジ大学トリニティ・カレッジ時代の一八五一年に、心霊研究会（ＳＰＲ）の前身となったケンブリッジ幽霊協会を立ち上げた一人で、ヘンリー・ジェイムズの『ねじの回転』は彼から聞いた話が元になっているらしい。

8 アレイスター・クロウリー Aleister Crowley

英国の神秘主義者、魔術師（一八七五〜一九四七年）。ビール醸造業のクロウリー&カンパニーの跡継ぎとして生まれ、裕福な家庭環境ではあったが、プリマス・プレザレン派の敬虔な福音主義者である両親への反発もあり、反キリスト的な事物に傾倒するようになった。ケンブリッジ大学時代には同性愛に走ってもいる。一八九八年に秘儀結社〝黄金の夜明け団〟に入団した頃からいよいよオカルティズムに傾倒。主導権争いに敗れて同団を離れてからは、自身の魔術Ａ∴Ａ∴（銀の星）を結成するも、何かとトラブルが絶えなかった。一九一四年以降、しばらく米国で活動していたのだが、Ｈ・Ｐ・ＨＰＬの「戸口に現れたもの」でちらりと触れられているカルト教団の指導者は彼を意識したものかもしれない。一九二〇年、イタリアのシチリア島に土地を借りて、オカルト共同体〝セレマ（意志）の僧院〟を立ち上げ、信奉者を集めて性魔術の儀式に耽《ふけ》っていたが、一九二三年に死者が出たことから国際的な非難の的となり、タブロイド紙では〝世界で最も邪悪な男〟と叩かれた。彼の弟子ケネス・グラントは熱心なＨＰＬ読者で、その著書において盛んにクトゥルー神話の構造とクロウリーの魔術体系の関係性を結びつけていた。

9 アレクサンドリア図書館 Library of Alexandria

おそらく紀元前三世紀、プトレマイオス二世の治世に、エジプトのアレクサンドリアに建設された図書館。古典世界最大の知識の集積地だったが、紀元前一世紀頃になるとその学術的名声は低下し、やがて蔵書も散逸、三世紀頃には過去のものとして語られるようになっていた。

10〈ガルショー・ガネット〉 Gulshaw Gannet

〝ガネット GANNET〟というのは、ペリカン目カツオドリ科の海鳥シロカツオドリの英語名。ガネット社は、アメリカの出版業者フランク・アーネスト・ガネットが一九二三年に創刊したニューヨーク州エルマイラのローカル紙〈エルマイラ・ギャゼット〉の編集部を発展させ、一九二三年にニューヨーク州ロチェスターに設立された実在の新聞社である。この会社はやがて大規模なマスメディア・チェーンに発展し、傘下に入った新聞の中には英国の歴史ある新聞も含まれていた。〈ガルショー・ガネット〉もそうしたグループ紙なのかもしれないが……実際には〈ガルショー・ギャゼット Gulshaw Gazzet〉が本来の紙名である可能性がある。

11 トーマス・カートライト Thomas Cartwright

キャンベル「湖の住人」の語り手の友人で、不気味な画風で知られる画家。ブリチェスターから数マイル離れたところにある湖の畔《ほとり》の空き家を借りるのだが、そこで『グラーキの黙示録』の一一巻本を発見し……

12 ローランド・フランクリン Roland Franklyn

ノンフィクション仕立てで書かれた、キャンベル「フランクリンの章句《パラグラフ》」の登場人物で、ブリチェスター北部のマーシー・ヒルにおいて、カルト教団的なコミュニティを作っていた。少し後に出てくる彼の著作『人はみな視界から消える』（ブリチェスターのトゥルー・ライト・プレスから一九六四年に刊行）ともども、同作で詳しく説明されている。

13 セスクァ・ヴァレー Sesqua Valley
米国のクトゥルー神話作家、Ｗ・Ｈ・パグマイアの作品の舞台。アンソロジー『グラーキの子ら The Children of Gla'aki』（二〇一七年）収録の「トーマス・カートライトの秘密の絵画 The Secret Painting of Thomas Cartwright」（未訳）によれば、グラアキ教団が活動している。

14 キャッスル・ロック Castle Rock
メイン州出身のスティーヴン・キングが創造した同州の架空の町で、「スタンド・バイ・ミー」『ニードフル・シングス』などの舞台。後者には神話要素あり。

15 クロットン村 village of Clotton
キャンベル「橋の恐怖」の舞台で、一九三一年に恐ろしい事件が起きた。グロスターシャーを流れるセヴァン川の支流、トン川 Ton（架空の川）の河畔に位置する。

16 テンプヒル Temphill
ＨＰＬ「祝祭」に触発された、キャンベル「ハイ・ストリートの教会」の舞台。〝神殿の丘《テンプル・ヒル》〟から転訛した地名で、ヨグ＝ソトースの神殿がある。

17 大母《マグナ・マーテル》 Magna Mater
ローマ帝国の版図で崇拝された女神キュベレイの異名で、ラテン語で〝大いなる母〟を意味する。古くはアナトリア半島（現代のトルコの一部）の女神で、紀元前六世紀以降のギリシャでも神々の母レアーと同一視されて崇拝された。ＨＰＬ「壁の中の鼠」（一九二三年）は、ウェールズに位置するらしいエクサムという町にある小修道院が、かつてこの女神の崇拝地であったという物語である。後続作家たちは、ＨＰＬの創造した女神シュブ＝ニグラスと大母《マグナ・マーテル》を同一視した。キャンベル作品では、「昆虫族、シャッガイより来たる」「ムーン＝レンズ」で言及されている。

18 ゴーツウッド Goatswood
初出は「ハイ・ストリートの教会」。〝羊の丘〟を意味するコッツウォルド（「ハイ・ストリートの教会」の用語解説を参照）を禍々しい感じにもじった〝山羊の森〟であり、悪魔崇拝との関連性を匂わせている。キャンベル「昆虫族、シャッガイより来たる」によれば、近くの森にシャッガイなる太陽系外の惑星からやってきた昆虫種族が潜んでいる。また、「ムーン＝レンズ」によれば、ここの住民たちはシュブ＝ニグラス崇拝者である。

19 ジョン・ディー John Dee

英国ロンドン出身の実在の占星術師、錬金術師であるジョン・ディー博士。一六世紀から一七世紀初頭にかけてヨーロッパ各地を巡り、一時は魔術や錬金術に熱中したことで知られる神聖ローマ皇帝ルドルフ二世に仕えたこともあった。晩年は女王エリザベス一世の相談役となったが、その死後は魔術嫌いのジェイムズ一世に疎まれ貧困の内に死去した。一五八一年三月頃から奇妙な夢に悩まされ、何かの霊が接触を試みているのだと考えた彼は、水晶球を介したスクライングという霊的交信を試み、エドワード・タルボット（本名はエドワード・ケリー）をはじめとする霊媒師の助力を得ながらその後数年に渡ってアナエルやミカエル、ウリエルなどの天使と交信し、護符の製法や天使が用いる言語のアルファベットや単語を教示された。ディーはそれを『ロガエスの書』という書物にまとめ、この言語をアダムが物に名前をつける時に使った言語と同一視し、新約聖書の「ユダの手紙」などに記されている伝説上のエノクの書と結びつけた。このため、この言語は「エノク語」と呼ばれている。

ここで批判的に言及されているのは、フランク・ベルナップ・ロング「宇宙よりの捕食者」（既訳邦題は「喰らうものども」）の冒頭に掲げられた、ジョン・ディーによる英訳版『ネクロノミコン』からの引用文「十字架は受動的な主体ではない。それは清らなる心を護り、魔宴《サバト》の上空にしばしば示現しては、闇の諸力を混乱させ、散らせてきたのである」のこと。ＨＰＬも後年、同作での十字のシンボルの扱いを「陳腐」と評している。

20 アル＝ハズレッド Al-Hazred

『ネクロノミコン』の筆者とされるアブドゥル・アルハズレッド Abdul Alhazred のこと。アラビア語の「アル Al-」は定冠詞で、ドイツ語の「フォン」やフランス語の「ド」のように家名や出身地を示す際に用いられることから、敢えてハイフンをつけたのだろう。

21 トゥレット症候群 Tourette's

音声チックを伴う複数の運動チックが、一年以上持続するという精神神経障害。

解説

ドイツ語版のためのあとがき　T・E・D・クライン

訳者より

このあとがきは、二〇二三年にドイツのヴァンドラー・フェルラーク社より刊行されたドイツ語版『グラアキ最後の黙示 Die letzte Offenbarung von Gla'aki』のために、ラヴクラフティアンとしても知られる米国の怪奇小説家、編集者T・E・D・クライン（セオドア・〝エイボン〟・ドナルド・クライン）が書き下ろしたものである。このたび、キャンベル氏のご厚意により、本書に収録させていただいた。ドイツ語版では「ウォーレンダウンの恐怖 The Horror Under Warrendown」（一九九五年、未訳）も併録されていたため、そちらの話題にも触れられている。

さて、ひとつだけ確かなことがある。ガルショーとウォーレンダウンを、バケットリストから外しておくことだ。

〝バケットリスト〟に対応するドイツ語はあるだろうか？　ここアメリカでは、「バケツを蹴る」――つまり、死ぬまでにやってみたいこと、行ってみたい場所のリストを意味する言葉だ。

そして、本書に収録されている物語から共通して得られるものがあるとすれば、それはこの二つの英国の町に近づかない方がいいということだ。とはいえ、ホラーというものはいつだって、時には無鉄砲から、時には単なる無邪気から、行くべきではない場所に足を踏み入れる不用心な旅人にほかならない。

この町で諸君が出会った人々——つまり、「ウォーレンダウンの恐怖」の児童書販売員、「グラアキ最後の黙示」の欲しがりな大学図書館員のことだ——は、ラヴクラフトの「インスマスを覆う影」の旅行者や、M・R・ジェイムズの道に迷った古物収集家の現代における末裔だ。

そしてもちろん、キャンベルはラヴクラフトとジェイムズに精通している。彼は大英図書館のためにアンソロジー『幽霊へのおせっかい：M・R・ジェイムズの昔話 Meddling with Ghosts: Stories in the Tradition of M. R. James』（彼自身の手になるパスティーシュ「案内人 The Guide」も収録）を編纂した。そして、一九六四年に彼のデビュー作品集となったアーカム・ハウスの『湖の住人とその歓迎されざる住人たち The Inhabitant of the Lake and Less Welcome Tenants』は、ブリテン諸島をラヴクラフトの植民地化することを明確に目的としていた。

この幸運なるデビュー作品集に手が出ないドイツの読者のために、発行人——ラヴクラフトの使徒であるオーガスト・ダーレスだ——がどのようにキャンベルを説得したかを物語る、著者覚書を引用する。

「神話の物語としてのアーカム・カントリーは飽和状態であり、一連の物語のための新しい舞台は英国にこそ生まれる可能性が高いと彼は考えた。H・P・ラヴクラフトでさえも、そうした新しい舞台と、そこで発生する一連の物語を承認するだろうと、彼は確信していたのだった。私はセヴァン・ヴァレーが相応しい環境だと考えた。ローマ人が占領した地域なので、退廃的なローマの慣習の影響が残っているかもしれない。つい数年前にもコッツウォルズで、魔女と見なされた人物が身元不明の誰かに処刑されたのである。私は慎重ながらも熱意をもって、自分自身の町々を作り始めたのだった」

(実際、そのうちの二つ、ブリチェスターとクロットンは「ウォーレンダウン」に登場する)

彼は、こうも付け加えた‥

「ラヴクラフトのクトゥルー神話に新しい要素を追加しようとした他の多くの作家たちと同じく、私もまた作中で参照できる秘教的な書物を創作した。そのうちのひとつが『グラーキの黙示録』で、とあるカルト集団のメンバーが、彼らが崇拝する神の霊感のもとに書き上げたものである」

本書の二番目に収録されている物語(訳者注‥「グラアキ最後の黙示」のこと)を読めば、『グラーキの黙示録』について多く、さらに多くのことを知ることができるだろう。そして、キャンベルが垣間見せてくれるその章句の数々には、無視できないパワーをもって我々に揺さぶりをかけてくるのだ‥

「最も近いものこそが最も隠されている……」

「人間の舌《ことば》は、世界を言葉に還元する……」

「妖術師《ソーサラー》に肉体が必要だろうか? 夜ごと、彼の本質は湧き上がり、歓喜のために飛び回る……」

「星々ではなく、その彼方の深淵を見つめよ。そこに、気慰みに世界を萎縮させる永遠の監視者たちを垣間見ることができるやもしれぬ」

何とも不穏な内容ではないか！　だが、驚くにはあたらない。何しろキャンベルこそは確実に、ここ半世紀における存命中の最高の恐怖小説家であることに間違いないのだから。

私が「確実」という言葉を使ったことを、気に留めておいて欲しい。これは、かなり希少な美徳であるように思える。このジャンルで名声を博した作家たちの多くには、幾度も繰り返し出版されてきた、本当に傑出した小説がいくつもあるのだが、同時に駄作も数多く生み出してきた（たとえば、すぐに思い浮かぶ古典作家の一人に、アルジャーノン・ブラックウッドがいる）。だが、キャンベルには当てはまらない。何年も前に彼について書いた記事で、私はキャンベルのことを、打撃不振の時でも「常に三塁を抜くヒットを打てる」と控えめに成功談を語った、アメリカの野球スターにたとえた。つまり、三塁に向かってボールを打つことで、常に安全に一塁に到達できるということだ――他の大多数のプレイヤーには真似することのできない偉業なのである。

だから、キャンベルの作品に落ち着いた気分で向き合う時、それこそ最初のページを開いた時から、自分が信頼できる手に委ねられているとわかる、と言いたくなるのだ――「グラアキ」の場合、その手はだいぶんゼラチン状に感じられるわけだが。

そうしたわけで、この本に収録されている物語を読み始めた時、その匠《たくみ》の技に歓《よろこ》びを感じると同時に、キャンベルの物語に期待される心地よい不安感と恐怖感を味わったこと自体は、驚くようなことではあった。お馴染みの寒気、脈拍の上昇――予想外だったのは、時折くすっと笑ってしまうことに気がついたことだった。作者を貶めるための笑いではなく、感謝の気持ちからくる笑いであり――請け合うが、それは作者自身のくすくす笑いでもあるのだった。

さて、この分野の作家や批評家は、優れた恐怖物語は作者自身も怖がらせるべきだとよく言っている。

エディス・ウォートン：「超自然的な物語を語る者は、語りながらたっぷり怖がらねばならない」

E・F・ベンスン：「語り手は、読者を怖がらせる前にまず、自身を怖がらせることに成功せねば」

ラヴクラフト：「作者が夢を見るようなやり方で、実際にその物語の雰囲気や幻視《ビジョン》を体験しなければ、いかなる一流の物語も書きようがない」

H・ラッセル・ウェイクフィールド：「他人を怖がらせる前に、自分自身が怖がらなければならない」

そして私の知る限りにおいて、キャンベルもまたこれらの物語を書きながら、当たり前のように自分自身を怖がらせたことだろう。とはいえ、そうすることを大いに楽しんでいたに違いない。なぜなら、これらの物語に浸っている間、私は本当に何度も繰り返し、作者のあの独特なくすくす笑いを耳にしたからだ。諸君もきっとそうだろう。

だが、それほど意外ではなかったはずだ。たとえばカフカは、明らかに恐ろしい物語（証言によって異なるようだが、「変身」か「審判」のいずれか）を友人たちに朗読したとき、笑いすぎて椅子から落ちそうになり、読むのをやめなければならなかったそうだ。

とはいえ、私にとっては初めてのことだった。キャンベルは驚くほど陽気で、たいそう愉快な人物だあり、そのことについては私は個人的に請け合うことができる。だが、彼の作品に真っ向から対立するような、かくも奇妙な反応をしたのは珍しいことだった。そして、この作品は恐怖小説についての長年の思い込みというか――少なくとも私自身の長年の思い込みに疑問を投げかけたのたった。


アメリカの高校では、生徒が最初に読むシェイクスピアの演劇の一つは『マクベス』だ（たぶん、短い上にアクションがたくさんあるからだろう）。そして、この演劇について最初に学ぶことの一つは、シェイクスピアが演劇の重苦しい緊張感と全体に漂う破滅的な雰囲気から観客を多少なりとも解放するために、ユーモラスなシーン――酔っ払った荷運《ポーター》びの独白をフィーチャーしたもの――を挿入したことだ。つまり、コメディはホラーの対比として機能するわけだ。ユーモアとホラーは混ざり合わない――むしろ、相反するものであるという前提で。

そのことは、私が長い年月を通して出会った他のフィクション作品にも一致している。たとえば、ジョゼフ・コンラッドの『シャドウ・ライン』では、ある帆船が亡くなった元船長の致命的な呪いに取り憑かれている。『老水夫行』における破滅の運命に導かれた船のように、風が凪いで船が進まず、乗組員は病を得て、死にかけている。そして、最悪の状況になった時、一等航海士が笑ってみせるのだ。

これまでに聞いたことがないような大きな笑い声だった。挑発的かつ嘲笑的で、身の毛のよだつような甲高い反抗的な響きが重なっていた。

突如、奇跡的に風はやんだ。

バーンズ氏の恐ろしい笑い声に宿る悪魔を祓う力によるものか、悪意に満ちた亡霊は追い払われ、邪悪な呪文は破られ、呪いは取り除かれた。私たちは今、優しく力強い神の意思に委ねられていた。

また、ダンセイニ卿の「敵がスルーンラーナを訪《おとな》いし事の次第」では、勇敢なる若き冒険家が破滅の門を抜けて、タイトルにもある、「あの秘《かく》されしラマセライ、あの魔道の最高権威……それが建つ谷と、周囲のあらゆる土地にとっての恐怖」であるところの不吉な要塞に忍び込む。彼は、詠唱を行う魔術師たちの部屋を次から次へと通り抜け、「あの不吉な場所における聖なる場所、その内奥の神秘」であるところの、窓がなく物音ひとつしない、黒い大理石で造られた三番目の部屋に入り込むのだが、その部屋の絹のカーテンの背後にはなにかが隠されている。

その神秘の恐ろしい静けさに耐えられなくなった時、男は……神経質な様子ではあるが、大胆にもカーテンの一つをぐいと引き開けて、その中の神秘を目にして笑い声をあげた。かくして予言は成就し、スルーンラーナはこの谷の恐怖の対象ではなったのだが、魔術師たちは恐ろしい建物を去ると、泣き叫び胸を叩きながら曠野を逃げ回った。笑いこそが、スルーンラーナに襲いかかる運命の敵だったのだ。

もちろん、笑いが恐怖を消し去ることは、昔からよく知られていた。ホラー映画を観ていて、緊迫の高まる瞬間に銀幕錠の誰かが軽口を飛ばして、観客全員がほっとしたように笑い出すという経験は、誰にだってあるはずだ。

だが、ユーモアとホラー――あるいは、私がこの文章で好んでそう呼んでいるように、くすくす笑いとゾッとする感覚は、本当に相反するものなのだろうか？　結局のところ、それらにはいくつかの共通点があるようで、おそらくだが、似通った創造的衝動も含まれている。何十年も前になるが、恐怖小説家についての本を書いているとある紳士が、私にインタビューをしに来たことを覚えている。彼は私に、もしも恐怖小説を書いていなかったら、他にしたかったことがあるかと聞いてきた。私は迷うことなく、ユーモア小説を書きたかった――面白いものを書く才能のある人がいつだって羨ましく、尊敬してきたと答えた。彼は得たりと頷いた。私としては驚きだったのだが、彼は驚かなかった。彼の言うには――実のところ――既に話を聞いた何人もの作家たちが、同じ反応をしたというのである。

この二つのジャンルはまた、ある意味で感動的とも言える儚さを共有している。どちらも言ってみれば温室育ちの花であり、巧妙な技巧、注意深い筆致、時には正しい言葉の選択に大きく左右される。そうすることで受容的なムードを掻き立てるのだが、そのムードは容易《たやす》く萎《しぼ》んでしまう。冷静に分析すると（とはいえ、そのことを指摘する価値はあるはずだが）、ホラー・ストーリーが基本的に不条理で馬鹿げたものであることは、常識をわきまえた人間であれば誰でもわかることだ。実際、誰かをぞっとさせられない怖い話ほどくだらないものはない。ジョークについて言われることは、ホラーについても言えるのだ。「どのように伝えるか次第」だと。

にもかかわらず、両者が仲間ではなく敵同士になっているのは、両ジャンルの共通の脆弱性のせいなのは明らかだ。面白いことは怖いことではなく、その逆もまた然りなのだ。

だが、この二つを具体的に結びつける、もうひとつの類似点がある。恐怖小説とユーモア小説の双方において――ただし、ミステリなどのジャンルでは必ずしもそうではない――読者、すなわち観客が登場人物よりも一歩先を行く傾向があるのである。

これは確かに、ユーモアの定番だ。とりわけ人間の取り違えは、シェイクスピアからシットコム［現代のシチュエーション・コメディ・ドラマのこと］に至るまで、コメディの源となってきたのである。私たちは、物語の登場人物よりも多くのことを知っている。私たち自身がジョークに参加しているのだ。

イーヴリン・ウォーの『スクープ』のような喜劇小説を例にとってみよう。この小説に登場する新聞業界の王者ロバート・コッパーは、戦争で荒廃したアフリカに海外特派員として著名な文学者を雇ったと思っているのだが、実際に彼が派遣したのはガーデニングや野生動物をもっぱら題材としている控えめなコラムニストなのだとわかるのだ。ここで、読者は受ける（少なくとも笑い声が起きる）。新聞の編集者は、丸一日道に迷って疲れ果て、人里離れた田舎の一軒家に辿り着くのだが、酔っ払いと間違えられて、所望したワインとクラレットを断られる。中年で既婚の彼は、その後さらに一家の若い娘を口説きに来たのだと勘違いされ、老女のナニー・ブロッグスが、年の差の恋愛でもうまくいくことがあるのだと彼を慰める。ここで、さらに受ける。

私たち読者はまた大抵の場合、典型的な超自然ホラー物語の登場人物よりも先を行く。ある重要な点において、先を行っているのである。何しろ私たちは、彼らが超自然ホラー物語の世界の中で生きていることを知っているのだ。彼らは――少なくとも最初のうちは、その事実に気付いていない。彼らは合理的に物を考え、科学的な説明に固執することも少なくない。最終的に――時にそれは悲劇的な形で、彼らの間違いが証明される。実際、それこそが本質なのだ。

文脈は重要だ。小説を読んだり映画を観たりする時、人は自分がどんなジャンルの作品に接しているのかをちゃんと弁《わきま》えている。「ダメだ、やめろ、このバカ！」と、私たちはスクリーンに向かってがなりたてる。「あいつは狂人じゃない、狼じゃない、狼男なんだ！　実在するんだよ！」「貧血なんかじゃない、吸血鬼のしわざだって！」「彼女は頭がおかしくなったんじゃない、取り憑かれたんだ！」

同じことが、逆の場合にも当てはまる。ホラー物語でないとわかっているなら、私たちは今度は合理性のお手本ともいうべき人間になる。「ダメだ、やめろ、このバカ！」と、『るつぼ』の住民たちや『ノートルダムのせむし男』の迷信深い中世のパリ市民にがなりたてたり、あるいは魔女狩りの熱狂についての冷静な研究番組を観ながら、「牛は口蹄疫で死んだんだ！　魔術なんてない！」と叫ぶのだ。

別の例を挙げると、私はつい数分前に立ち上がって冷蔵庫に向かい――ちょっと頻繁に過ぎるとは思うのだが――アメイジング・グリーンズという瓶を取り出した。野菜が苦手な人間のための食品だ。スプーン一杯分を水に溶かして飲み干したわけだが、そうしている間、私が知らないうちにホラー映画の登場人物になっていたなら、数十年前の低予算映画『ザ・スタッフ』の観客がそうだったように、それを飲んだ私が恐ろしい何かに変化しているだろうと、観客は心得ているはずだ。彼らの「ダメだ、やめろ、このバカ！」という叫び声が聞こえてくるようだ。

映画評論家のポーリン・ケイルが、土曜日の夜に『顔のない目』を観た時に経験したという話が思い出される。

映画の中で、少女が今にも切り裂かれそうになった時、私の後ろにいた若い男性が、飛び上がって励ましの声をあげたんです。「あいつ、やられちまうぞ！」って、嬉しそうに叫んだんですよ。

私たちは、ページやスクリーン上の不運な登場人物とは違って、これから何が起きるか、さもなくば少なくとも何かしら厄介なことが起きることを知っている。そして、彼らが思ってもみなかった破滅や、まだ気付いていない手がかりが、見たり読んだりしている私たちの不安を掻き立てるのも、ごく自然のことだ――少なくとも、一般的な恐怖物語では。だが、キャンベルの「ウォーレンダウン」と「グラアキ」では、そうした手がかりがふんだんに、実に贅沢にちりばめられていて、この上なく独創的かつ機知に富んでいるので、コメディの源になっているというのが私の考えだ。私たちはキャンベルの手口を知っているし、キャンベルも私たちが知っていることを心得ている。私たち皆がこのジョークに巻き込まれていて、ユーモアとホラーが今回初めて、互いを引き立て合っているのだ。皮肉たっぷりの「ウォーレンダウン」では、タイトルに至るまでがジョークのポイントだ。一方で、「グラアキ」では住民の特徴的な挨拶（「ガルショーでお馴染みのじっとりした握手」）から、町のスローガンである「見どころがまだたくさんありますよ《ゼアズ・ソー・マッチ・モア・トゥ・シー》」もしくは「海以外にも魅力がたっぷり《ソー・マッチ・モア・ザン・シー》」）まで、あらゆる細かい描写が不吉な何かをほのめかしているのだが、いたずらっぽいウィンクのようでもある。「トール・ボーイ《のっぽの少年》、ロッツ・オブ・ウーマン《女性がいっぱい》、スタウト・フェロー《頑健な男》、スキニー・ガール《やせっぽちの女の子》、ファット・ラッド《太っちょ》」という具合の店名もそうだ。

彼が歩いている脇道は、どうやら美容院とジムを兼ねているらしいガルショー・フェイス&ボディの横を通り過ぎて、上り坂に続いて。たぶんここが、地元の人たちが日焼けをするところなのだろうが、最近はそういう人をあまり見かけなくなっていた。

「どうやら」「たぶん」といった言葉に注目して欲しい。これらの言葉やそれに似た表現は、主人公がすっかり合理化モードになっていて、目の前にあるものを直視しようとしていないことを示す、お馴染みのシグナルだ。(キャンベルの長年の読者にとっては、歓迎すべきものだ)

彼女の腕が、不均等な長さに伸びているように見えるのは、きっとひとえにジャグラーの素早さによるものなのだろう……

他の部分の鏡像は歪んでいるようだった……

もちろん、人々はプラスチックのビーチシューズを履いているのだが、足が半透明に変色し、腫れ上がっているように見えた。
足でドアを閉めたのに違いないのだが、かなり無理があったはずだ。
違いない、ときた。

ちなみに、ここアメリカでは、政治的に右派の人間が意気地なしの融和主義者と見なされると、その人物はＲＩＮＯ（Republican in name only：名ばかりの共和党員）ないしは〝弱虫《スクイッシュ》〟と呼ばれる。キャンベルの小説は幸い政治とは無縁だが、ガルショーの住民についての文章を読んでいる間、この二番目の表現が頭に浮かび続けていた。

当然のことながら、その町で手に入る食べ物は、その町自体と同じくらい不愉快で、地元のホテルでは「豆やニンジンよりも白っぽいジャガイモ」が供される。そのホテルがいかに不気味なところであるかは既にわかっているので、私はその箇所のセリフに我知らず笑みを浮かべ、キングズリー・エイミス（彼はゴースト・ストーリーも手がけた）のコメディ小説『テイク・ア・ガール・ライク・ユー』を思い出した。この小説では、主人公が住んでいる下宿で似たような食べ物に遭遇するのだ。

トンプスン夫人は、ジェニーの前に魚とポテトの皿を置いた。魚はたぶん、ごわごわして吹き出物だらけの皮のついた鱈だろう。ポテトはたくさんあって、そこかしこに思いがけない色が……

海辺のガルショーは霧に包まれ、ディケンズ風の湿った霧があらゆる光景を覆い隠して、重苦しい雰囲気と主人公の困惑をいよいよ募らせる。だが、屋内の人影すらも、フェアマンの「視界の端」なので「はっきり」しないように見える。キャンベルはそのキャリアを通じて、こうした視覚的な曖昧さや齟齬といったものを、うまいこと活用してきた。ウォーレンダウンの戸口から新たに現れた人物は、「道路の凹凸に揺れて」ガタガタ震動する車のミラーの中にしか見えなかった。

主人公が何かをはっきり見ることができても、それをどう解釈すれば良いのか正確にはわからない場合が多い。たとえば、ガルショーの保育園であるスプライトリー・スプラウツの描写を見てみよう。

もともとはホールか何かだったのかもしれない、灰色で長い一階建ての建物――スプライトリー・スプラウツがあった。外壁には、漫画じみた絵柄で大きな動物が描かれていた。

同様に、近くの教会のステンドグラスについての描写もある。

ステンドグラスに描かれている人物の輪郭はあまりにも奇形じみていて、それが誰なのか、あるいは何なのかもわからなかった。

読者はフェアマンとは違って、人間を描いたこれらの絵画が下手くそなのか、それとも実物を忠実に描いたものなのか判断するのにさほど苦労しないだろうし、M・R・ジェイムズが「マグヌス伯爵」において古《いにしえ》の石棺の絵画的装飾を描写した時に喚び起こした類《たぐ》いの戦慄を感じる可能性が高い。

　三枚目の絵では、木々の間を、髪をなびかせて両手を伸ばした男が全速力で走っていた。男の背後には、奇妙な姿が続いていた。画家がそれを人間を想定したものの、最低限似せて描くことができなかったのか、それとも意図的に見たままの怪物的じみた存在を描いたのかはわからない。他の部分のデッサンの巧みさを考えると、ラクソール氏としては後者の考えを採用したいところだった。

　物語の登場人物は視覚的な手がかりを誤解するだけでなく、耳に聞こえているものも理解することができない。『ドラキュラ』の有名な「私は決して飲まぬ……ワインはな」というセリフが観客に目配せをしているように、こうした物語のセリフの全てに、不吉で滑稽なほのめかしが詰まっているものだ。

「私どもから逃げてはいけないよ、レナード。見どころはまだたくさんあるのだから《ゼアズ・ソー・マッチ・モア・トゥ・シー》ね」

ガルショーの住民たちは、絶えずフィットネスのことを話している。

「夜のために体型を整えていたのよ」「私たちは皆、体型を維持しなくちゃいけないのよ」

トゥレット症候群を患っていると主張する登場人物との奇妙なやり取りでも、二人の会話は食い違っている。

「奴を逮捕しろ」彼はもぐもぐと言った。「きみがカアーと鳴いたら」

「すみません、どちらの言葉も聞き取れませんでした」

「この電話があった時、私は休んでいたと言ったんです」と、ヘドンは不満げに言った。

［訳注：８８ページにあるこの会話は、原文ではエリック・ヘドンが「休んでいましてね I am resting」「この電話があった時 When you call」と言おうとしたところ、うまく発音できず「奴を逮捕しろ Arrest him」「きみがカアーと鳴いたら when you caw」という風に聞こえたという流れだった。日本語での表現は困難だったため、訳文では単純に「やすんでいぁしてね」「このぇんわがあった時」という、聞き取りにくい言葉に置き換えている］

こうした意図的な混乱から、アボットとコステロ［アメリカのお笑いコンビ］の「一塁は誰？《フーズ・オン・ファースト》」という演目を思い出す人もいるかもしれない（ドイツの読者のために説明しておくと、これはこのコンビの有名なコメディ・スケッチで、普通ならありえない〝誰《フー》〟という名前の野球選手が一塁にいて、〝何《ワット》〟という人物が二塁にいるというものだ）。同様の誤解が、「ウォーレンダウン」でも起きている。そちらでは、口下手な地元民が「ビー・トリックス」もしくは「ビート・リックス」と聞こえる名前の女の子に夢中になっている。

とはいえ、これらの小説の目的は楽しませることだけでなく、不安を掻き立てることにあるのだと、私たちは認識している。そして、この目的を達成するべく、キャンベルは暗示に満ちた細かい描写を通して、雰囲気を盛り上げる機会を逃さない。彼には、アイルランド人が言うところの狐七匹分の抜け目なさがあって、ラヴクラフトなら何ページもかけるようなことを、わずか数語で語ることができる（私が念頭に置いているのは「インスマス」［インスマスを覆う影のこと］である。この小説の語り手は、町の歴史や人類学のことについて何時間も独白してくれる、何とも都合の良い饒舌な登場人物に三、四人ばかり遭遇するのだ）。

ここで付け加えておくのだけれど、この曲がりくねった短い随想は、もともとは序文になるはずだった。だが、本の末尾に慎重に移されたことで、これらの小説について私が最も感心している点を、より長く引用する自由が得られたように思う。適当に例を挙げると、「グラアキ」については、大多数の作家の手にかかるとありふれたものにしかならない単純な描写に、機知に富んだひねりが加えられていることに感心する。たとえば――

道路を挟んだ向かい側には、ヴィクトリア朝時代の風よけを今時の建物に見せる落書きがあった。そして、「ウォーレンダウン」では、不吉な雰囲気が巧みに醸《かも》し出されている。

都市《まち》の輝きが視界から消えた。数個のヘッドライトが私を迎え、その後は私の放つ光だけが、丘陵の間にうねる薄暗い道を照らすだけになった。丘陵は、暗闇の中にあっては、もはや眠っているふりをする必要がなくなったかのようにうっそりと聳え立っていたのだが……生け垣に遮られて、それきり見えなくなった。

ついでに、このいかにも田舎といった無愛想な比喩を味わってみて欲しい。

茅葺《かやぶ》き屋根が、白痴の眉毛の上に垂れ下がった髪の毛のように、小屋《コテージ》に覆いかぶさっているのが見えた。

（私にはもう、茅葺《かやぶ》き屋根の小屋《コテージ》を以前と同じようには見られない）

恐怖小説の成功は、多くの場合、ひとつのイメージ、ひとつのぞっとするような瞬間、ひとつの注意深く構成された行ないしはフレーズに帰着する。ジェイムズ〔M・R・ジェイムズのこと〕の「アボット・トーマスの宝物」の場合で言えば、宝探しをする男が「完全な暗闇」の只中で蠟燭が消え、掘ったトンネルの中に手を伸ばして、大きな革のバッグだと彼が考えた何かを引っ張り出す瞬間だ。

一瞬、それが穴の縁にぶら下がっていたのだが、私の胸に滑り込んだかと思うと、腕を首に巻き付けてきた。

キャンベルの「コール・ファースト Call First」（未訳）では、老女の顔の描写がこうだ。

「顔の一部が、まだ骨の上にあった」

一九七三年に刊行された、彼の初期の傑作集『白昼の魔 Demons by Daylight』（未訳）に収録されている物語の一つは、月明かりでぼんやりと見える、「跳ね回る」姿を恐怖の源として思い起こさせる。

また、別の物語では、夜の闇に包まれた丘の頂《いただき》にある石像群を探検していた若者たちが、ぞっとするような発見（「像の一つは、石ではない」）をして、遠くにいる同行者が彼女の車で逃げようとしているのを目にするのだが、その傍らに「番犬のようにしゃがんでいる」何物かがいることには気付いていないのだ。

車は急に向きを変え……道路に滑り込んだ。木々のトンネルが現れて、車はその中に突っ込んだ。影が高々と飛び跳ねながら、車と並んで走っていった。前方の光のトンネルが小さくなり、バーバラは去っていった。車の後部ライトの残照と、角を曲がった時にルーフの上に軽々と飛び乗った何かの姿だけが目に入った。

半世紀経った今でも、あの「高々と飛び跳ねる」「軽々と飛び乗る」という言葉には身震いを覚える。そして、時には全てがたったひとつの言葉に集約される。ジェイムズの「人を呪わば」には、ある晩、一人の少年が公園を歩いていて目撃した、魔法のランタンのショーについて書かれている。

そしてこの哀れな少年は、木々の間を逃げ回った。白に包まれた、跳ね回る恐ろしい生き物に追い回され、ついには追いつかれて、引き裂かれるか、さもなくば何らかの手段で連れ去られた……

二五年後、悪臭の漂うインスマスで、こんな事が起きた。「そいつの実に奇怪な歩き方に僕は寒気を覚

えました――まるで、生き物が**飛び跳ねて**いるように見えたのです」（太字はラヴクラフトによるもの）
キャンベルは、こうした不安を掻き立てるささやかな伝統を引き継いでいて、「ウォーレンダウン」では語り手にこんな風に語らせている。

剝き出しの土の床を跳ね回る何かがちらりと見えた。

そして、「グラアキ」ではこうだ。

見たところ、子供たちが校庭の様々な場所で同時に飛び跳ねるというルールになっているようだ……子供たちが不自然に高く飛び跳ねたり、グロテスクな姿勢を取っているような気がした。

このくだりから、キャンベルの声――たぶん、くすくすと笑う声があなたにも聞こえるだろう。

作品解題

「レノックスの入院から間もなく、とあるムスリムの学生がケースの中身に触れることを許可されたのだが、彼がしたことといえばライターオイルを吹き付けて、火をつけることだけだった。『ネクロノミコン』『グラーキの黙示録』『妖蛆の秘密《デ・ヴェルミス・ミステリイス》』など、その不吉さからページを開こうなどと思いもしなかった書物が破壊されたことを、ヘザーがどれほど悔やんだかは定かではなかった」

——ラムジー・キャンベル「森のいちばん暗いところ The darkest part of the woods」（未訳）

『グラーキの黙示録』は、ラムジー・キャンベルがまだ一六歳だった一九六二年、ほぼ同時期に書かれた「ヴェールを剝ぎ取るもの」「湖の住人」に登場し、その後の彼の諸作品でしばしば参照されるようになる、言わばキャンベル版の『ネクロノミコン』である。キャンベルのクトゥルー神話作品の主だった舞台である英国グロスターシャーのセヴァン・ヴァレーで活動していたグラーキ教団の内部文書であることから、この土地にまつわる奇妙《ウィアード》な事物についての記述を数多く含んでいる。この書物（ただし、一部のページが破り取られた破損本）が、ブリチェスター大学に収められたのは一九五八年の夏で、アーノルド・ハード元教授の屋敷で怪事件に遭遇した学生たちが持ち帰ったものだ。これは、前述の二作品に続いて六二年の夏に書かれた、「奏音領域」における出来事である（いずれも1巻の収録作品）。

こうして世に出た『グラーキの黙示録』は、キャンベル自身が先行作家たちの作品に登場する神話典籍をそうしたように、リン・カーターをはじめ他の様々な作家たちの作品で使用されるようになり、一九八一年に米ケイオシアム社から発売された『クトゥルフ神話TRPG』に採用されたことで、いよいよ人口に膾炙した――もっとも、キャンベルの小説では『グラーキの黙示録』にも複数の版が存在するのにもかかわらず、世界観を単純化するためか、「複数の版のある書物は『アル＝アジフ（『ネクロノミコン』としても知られる）』、『無名祭祀書』、そして『エイボンの書』の三つだけ」と設定されていたのだが。ともあれ、二〇〇一年にはキャンベルの正式な許諾のもと、このゲームのサプリメント『ラムジー・キャンベルのゴーツウッドとさほど快適でない諸地域 Ramsey Campbell's Goatswood and Less Pleasant Places』（キャンベルが序文も書いている）が発売されてもいる。しかし、前年に刊行され、『グラーキの黙示録』の一一巻本の書誌や各巻タイトル、内容を詳細設定を含んでいる『キーパーコンパニオン The Keeper's Companion: Blasphemous Knowledge』はどうやらお気に召さなかったようだ。キャンベルが、二〇一三年になって「グラアキ最後の黙示」を発表し、『グラーキの黙示録』――『グラアキの黙示録』を自ら掘り下げる気になった背景には、少なからず自身の創作物が第三者に弄り回されていることへの苛立ちがあったように思われる。『森のいちばん暗いところ』（二〇〇三年）において、ブリチェスター大学所蔵の『グラーキの黙示録』が一九六〇年代に既に焼失していたことになったのも、その顕れなのかもしれない。『最後の黙示』の冒頭におけるあからさまな揶揄もそうだが、それこそリン・カーターを含む第三者の作品における自身の創作物の引用に対する否定的な感情を、筆者は二〇二四年頭に亡くなったブライアン・ラムレイから伝えられたことがある。その経験は筆者の〝クトゥルー神話〟に対する姿勢に大きな影響を与えたのだが――これはまあ余談である。

さて。1・2巻で解説されているように、HPLの文体の模倣から創作を始めたキャンベルは、一九六九年刊行のファンジン〈シャドウ〉に「ラヴクラフト・イン・レトロスペクト」と題する批判的な論考を寄稿、HPLとクトゥルー神話にいったん背を向けた。しかし、一九八〇年代に入る頃には改めてHPLを高く評価するようになり、アンソロジー『新クトゥルー神話物語集』(国書刊行会の『真ク・リトル・リトル神話大系』第六巻(二分冊)として邦訳)を編むなど、再びHPL的な作品に取り組むようになった。第2巻に収録している「パイン・デューンズの顔」(一九七一年)、「砂浜の声」(一九七七年)などの作品には、HPLの作風を批判的に継承しつつ、独自の境地を目指すキャンベルの葛藤が見て取れるが、両作には人間の姿形だけでなく、感覚までもが何か別のものに変容してしまうという共通のテーマが見られた。このテーマは、二〇〇八年に刊行され、同年の英国幻想文学大賞を受賞した中編『暗黒の嗤い The Grin of the Dark』(未訳)にも見られるようで、登場人物の主観と、読者には迂遠に伝えられる客観の齟齬を巧みに操る筆致が、近年のキャンベル作品の傾向であるようだ。

こうしたキャンベルの手口については、本書に併録したT・E・D・クラインによるドイツ語版『グラアキ最後の黙示』のためのあとがきに詳しく論じられているので、そちらをお読みいただきたい。

くれぐれも、ご油断なきよう。キャンベルの小説においては、一言一句に意味がある。ゆっくりと、じっくりと不安に落とし込むべく、真綿でヤスリがけをするような慎重な手つきで、読者の背筋を厭らしく撫で回してくるのだ。HPL作品をこよなく愛し、ダーレスの薫陶を直接受けたかつての少年は、還暦を超え(『グラアキ最後の黙示録』は六七歳の時の作品)、彼らを上回る年数のキャリアを積んで、恐怖を自在に操る紛れもない巨匠となった。どうか、お楽しみいただきたい。

英国南西部、セヴァン・ヴァレーを覆う影。
ラムジー・キャンベル珠玉の作品集！

グラーキの黙示 1

著：ラムジー・キャンベル
監訳：森瀬 繚
本体：2,200円＋税

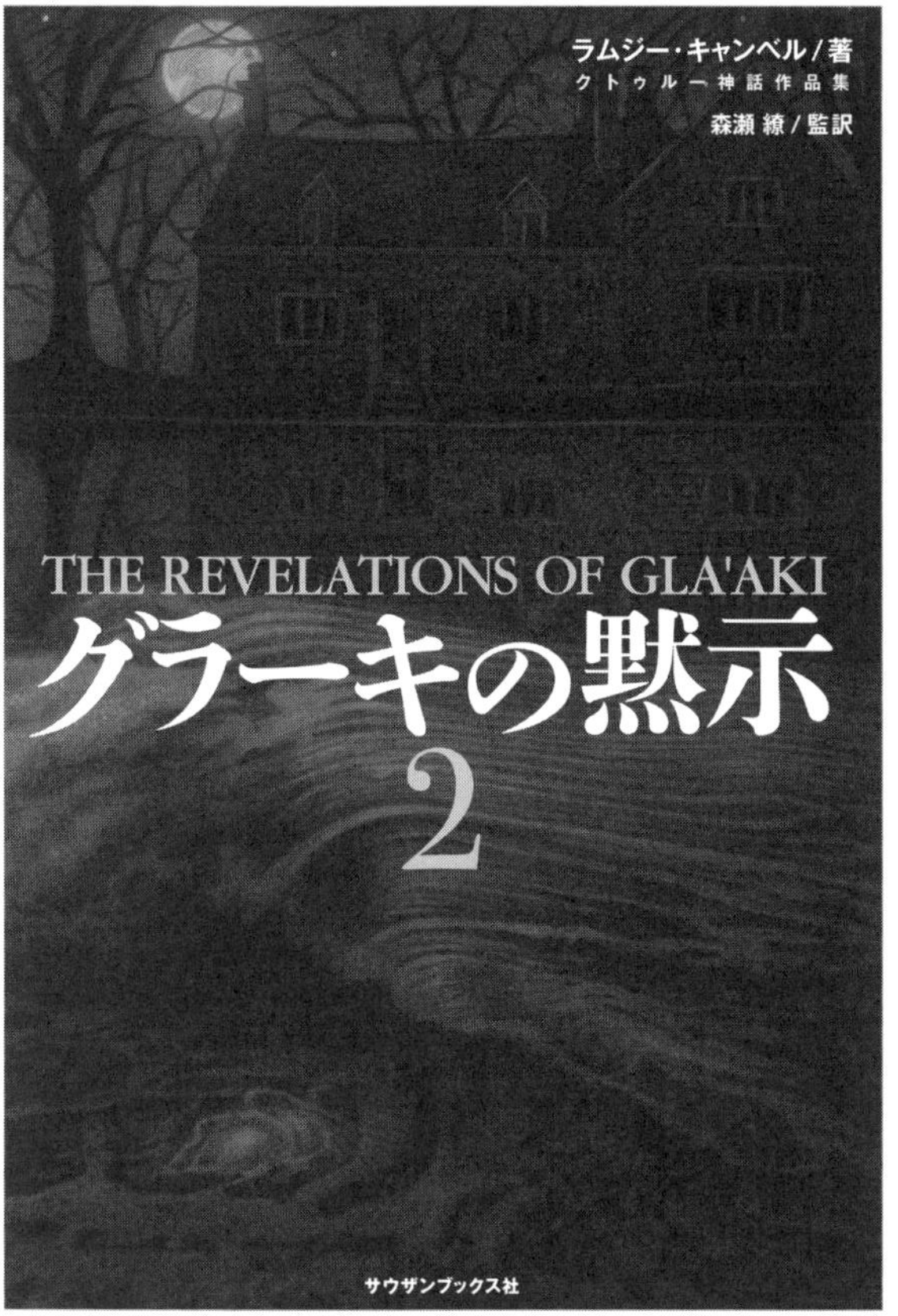

20世紀後期のクトゥルー神話シーンを牽引した俊英、ラムジー・キャンベルの世界

グラーキの黙示 2

著：ラムジー・キャンベル
監訳：森瀬 繚
本体：2,200円+税

ユニークなサービス、 個性的な品揃え
イギリスの独立系書店をめぐる旅

英国本屋めぐり　本と本を愛する人に出会う旅

著：ルイーズ・ボランド
訳：ユウコ・ペリー
本体：2,700 円＋税

著者

ラムジー・キャンベル（Ramsey Campbell）

1946年、英国マージーサイド州のリヴァプールに生まれる。幼少期から怪奇小説に耽溺し、15歳の頃、アーカムハウスに作品を送ってA・W・ダーレスに注目され、彼の指導のもと作家デビューを果たす。クトゥルー神話作家としては、英国南西部グロスターシャーの、セヴァン・ヴァレー界隈を舞台にした作品群で知られる。英国幻想文学協会の終身会長を務める同国ホラー界の重鎮で、近年もクトゥルー神話作品を発表し続けている。代表作に、長編では『暗闇の嗤い The Grin of the Dark』（2008年度英国幻想文学大賞受賞）、短編集では『恐怖とふたりきり Alone with the Horrors』（1994年度世界幻想文学大賞受賞）がある。これらの作品を含めて未邦訳のものが多かったが、近年、雑誌やアンソロジーで短編が紹介される機会が増えている。

https://knibbworld.com/campbell/

編集者・翻訳者

森瀬 繚（もりせ・りょう）

ライター、翻訳家。TVアニメやゲームのシナリオ／小説の執筆の他、各種媒体の作品で神話・歴史考証に携わる。クトゥルー神話研究家として数多くの著書があり、近著は『クトゥルー神話解体新書』（既刊2冊、コアマガジン）。翻訳者としてはS・T・ヨシ『H・P・ラヴクラフト大事典』（日本語版監修、エンターブレイン）、ブライアン・ラムレイ『幻夢の英雄』（青心社）、H・P・ラヴクラフト作品集「新訳クトゥルー神話コレクション」（星海社、第6集近日刊行）などがある。

http://chronocraft.jp/

Special Thanks

あんず
ざふぃえる
服部樹
蜜蜂竣工
哉村哉子
丸岡　建
古雅 鷲一
有味風
桜井光

EDO-RAM
ちくたくさん
山下真奈
いまむら
文町
さかき
ギュウコッツ
おすみ
あきんど

藤井寿吹
御於紗馬
サリッサ
しけもく
榊　義貴
河村　優
孤宵
青鈍色
笹川圭介

サトウユカリ
無月るるた
ぬこもん
高谷大気
Hiraku Tagaino
永井秀都
平羽 エイヂ
高木宏明
海野しぃる

グラーキの黙示 3

2024年12月13日　第1版第1刷発行

著　者　　ラムジー・キャンベル
訳　者　　森瀬 繚
協　力　　竹岡 啓
発行者　　古賀一孝
発行所　　株式会社サウザンブックス社
〒151-0053 東京都渋谷区代々木2丁目23-1
http://thousandsofbooks.jp

装　画　　藤田新策
デザイン　　宇田俊彦
DTP　　岩堀将吾
編　集　　森瀬 繚
校　正　　山縣真矢（ぐび企画）
印刷・製本　　シナノ印刷株式会社

落丁・乱丁本は交換いたします。
法律上の例外を除き、本書を無断で複写・複製することを禁じます。

THE LAST REVELATION OF GLA'AKI by Ramsey Campbell
Copyright © 2013 by Ramsey Campbell

Japanese translation rights arranged with
JOHN JARROLD LITERARY AGENCY
through Japan UNI Agency, Ink., Tokyo

© Leou Molice
ISBN 978-4-909125-56-9　C 0097

THOUSANDS OF BOOKS

言葉や文化の壁を越え、心に響く 1 冊との出会い

世界では年間およそ 100 万点もの本が出版されており
そのうち、日本語に翻訳されるものは 5 千点前後といわれています。
専門的な内容の本や、
マイナー言語で書かれた本、
新刊中心のマーケットで忘れられた古い本など、
世界には価値ある本や、面白い本があふれているにも関わらず、
既存の出版業界の仕組みだけでは
翻訳出版するのが難しいタイトルが数多くある現状です。

そんな状況を少しでも変えていきたい——。

サウザンブックスは
独自に厳選したタイトルや、
みなさまから推薦いただいたタイトルを
クラウドファンディングを活用して、翻訳出版するサービスです。
タイトルごとに購読希望者を事前に募り、
実績あるチームが本の製作を担当します。
外国語の本を日本語にするだけではなく、
日本語の本を他の言語で出版することも可能です。

ほんとうに面白い本、ほんとうに必要とされている本は
言語や文化の壁を越え、きっと人の心に響きます。
サウザンブックスは
そんな特別な1冊との出会いをつくり続けていきたいと考えています。

http://thousandsofbooks.jp/